2.43 清陰高校男子バレー部

代表決定戦編①

壁井ユカコ

集英社文庫

2.43 清陰高校男子バレー部

代表決定戦編　①

目 次

福蜂工業
1
※ヒトには毒

2.43 清陰高校男子バレー部

代表決定戦編 ①

プロローグ　真ん中の罠

『銘誠《めいせい》学園中学校バレーボール部』――スクールカラーである臙脂《えんじ》の地にグレーの文字でチーム名が刻印されたエナメルのスポーツバッグを肩にかけ、同じ配色のスクールバッグを小脇に挟んでばたばたと廊下を走る。途中で思いだして洗面所に駆け込み、乾燥機に入れっぱなしの洗濯物の中から着替えのTシャツを探しだして、エナメルバッグのあいているところに突っ込む。また思いだして自分の部屋にとって返し、二年生になってもしょっちゅう忘れるネクタイをハンガーから抜き取って、これはブレザーのポケットに突っ込む――靴下の裏で廊下を滑りつつ出がけにいつも何往復かして忘れ物を補充してまわる。

「いってきま……」

父の寝室の前で声をかけようとしたとき、ワイシャツの袖を留めながら慌ただしくでてきた父とちょうど鉢合わせした。

「おっ……」と互いに一瞬目を丸くして、「今でるとこか、チカ」「うん」「じゃあ一緒にでるか」「うん」

　父の肩越しに寝室を覗《のぞ》き、マンション用のシンプルな仏壇に飾られている母の遺影をちらっとだけ見る。心の中でかける言葉があるわけではない。特になにかの感情がよぎるわけでもない。ただ単に、母の顔を目に入れるだけ。

「鍵持ったか」「持った」「昼飯代足りてるか」「足りてる」父と息子、二人暮らしの日常会話はだいたい短い。父が玄関に鍵をかけるのを待ち、エレベーターに一緒に乗り込む頃にはもう間がもたなくなっている。階数表示ランプがのろのろと下っていくのを二人で眺めて黙り込む。

　父がふと肩口に横目をやり、今さら驚いたように言った。

「伸びたな、おまえ……そろそろ抜かれそうだな」

「うん。そろそろ抜くよ」

　並びあった父と自分の肩の高さを見比べて答えた。

「おれの遺伝じゃないいな」

「背はね。父さんじゃないね」

「母さんも大きいほうじゃなかったのになあ。おれのほうのじいさんの遺伝かな？」

　父は成人男性としては中背だ。アルバムの写真の印象では母もやはり長身ではない。

ああそうか、と父が呟《つぶや》き、階数表示よりももっと遠くを見晴るかそうとするかのように目を細めた。

「母さんが神様に頼んでくれたのかもな。チカがバレーを頑張っているのを見て」

父は普段こんな感傷的なことを言う人ではないので、背中がむず痒《がゆ》いような心地に晒《さら》された。腹の前でエナメルバッグのストラップをねじりながら、言ってみる。

「土曜、試合あるんだけど、来る？」

「試合？　今週の？」

初めて聞いたというふうに訊《き》き返された。言ってなかったから。言うタイミングもなかったし、興味もないだろうと思ってたし。

「土曜かー……」

父が頭の中でスケジュール帳を開いて悩んでいるような顔をするので、「日曜もあるけど」とつけ加える。「日曜かー……」と父はやっぱり悩ましそうにする。

困らせるなら教えなければよかったと後悔した。今までだってほとんど声をかけたことはないし、実際どうしても来て欲しいわけではないのだった。毎試合必ず親を応援に呼ぶチームメイトもいるけれど、応援の有無でモチベーションが変わるほうがどうなんだ、といつも思う。自分自身が好きでやってるんだから、誰が見に来るかなんて関係ないはずだ。

「日曜の……四時頃なら行けるかもしれないけど、間にあうか？」

それでも父が無理を押してそう言ってくれたときには、無意識のうちに「本当？」と声がはずんだ。

「四時だったらまだ決勝やってるから、間にあうよ」

「ん？　もう決勝が決まってるのか？」

「勝ち残るから。だっておれがセッターやってるんだよ」

「セッターっていうのは、点を取るほうのポジションじゃないよな？　サッカーのミッドフィールダーとか、野球のキャッチャーのような役割だろ？」

「そうだけど、ぜんぜん違うよ。セッターは特別なんだよ」

断言すると、そもそもスポーツ全般に疎《うと》い父に不思議そうな顔をされる。他のスポーツを基準にするような言い方をされるとついムキになってしまう。だって世界で一番面白いスポーツはバレーボールだから。

「バレーにはローテーションがあるだろ。プレーヤー六人全員が全部のポジションをまわるんだ。こんなのサッカーにも野球にもないよ。サイドアウトごとにローテしてって、全部のローテで違うフォーメーションがあって、セッターは試合中ずっとコートの真ん中でその全部をコントロールするんだよ。それにサッカーとか野球とかのフィールドより狭いから、コートの中で影響力が強いっていうか、コートを使い尽くせるっていうか。

だから他の似てるポジションとはぜんぜん違うんだって」

言い募る自分の声で狭い箱形の空間がいっぱいになる。父が圧倒されたような顔をしていたので、はっと我に返った。

「なるほど……セッターはみんなの真ん中の、特別な仕事か」

父が目尻を下げ、

「いいんじゃないか？」

また階数表示を見あげて、誰かに語りかけるように呟いた。

そう、セッターは特別な仕事なんだ。

コートの真ん中でゲームとプレーヤーを司《つかさど》る——

その瞬間、奇妙なことが起きた。

四角い床の三方の辺がぐにゃりと伸びて、目の前の壁が向こうに後退しはじめた。隣に立っていた父の姿がぐんぐん遠のいていく。父さん、と呼んで手を伸ばしたが届かなかった。

指の先で小さくなっていく父が、父ではなくなっていた。エレベーターの中ですらなかった。銘誠中のユニフォームを着た、けれど顔はどれものっぺりしていて誰が誰だかわからない者たちが、白けた目をして体育館の壁際に居並んでいた。

履いているバレーボール用のシューズの下には色テープで示されたコートがあった。

自分の足はたしかに〝コートの真ん中〟に立っていた。ただ、その場所は〝みんなの真ん中〟ではなかった。

目線と同じ高さに畳があった。障子越しの淡い朝陽《あさひ》がくすんだ黄色の畳を照らしている。ゆっくり二度まばたきをするが、視界は焦点を結ばず、畳の目地《めじ》はぼやけている。片側の頰がちくちくした。

もぞもぞと手を這《は》わせて布団を探す。枕の脇に置いておいた眼鏡《めがね》に指が引っかかり、摑《つか》み寄せながら身を起こした。めりっという音を立てて畳から頰が剝《は》がれた。

眼鏡をかけると畳の目地も、まわりの風景もくっきりした。和室に布団……東京のマンションじゃない。福井の祖父母の家だった……と認識すると、醒《さ》めきっていなかった頭がようやく回転しはじめる。「暑……」寝汗で身体《からだ》に張りつくTシャツをその場で頭から引っこ抜いた。かぶって寝たはずのタオルケットは完全にどっかにいっていた。それ以前になんで敷き布団の上で寝てないんだ。

……なんで今頃、っていう夢見たな。親父との会話なんて普段思いだしもしないのに。

風呂場で頭から水をかぶって汗を洗い流し、必要最低限の身支度を済ませた。茶の間の襖《ふすま》をがらりとあけ、

「おはよう……」

祖父の姿も祖母の姿もなかったので、声は途中で尻すぼみになった。

卓袱台《ちゃぶだい》の上におかずと飯がぎっしり詰められた弁当箱と、ラップにくるまれたおにぎり二つに漬け物と、それからたたまれた洗濯物が載っていた。今日着るぶんと持っていくぶんのTシャツや下着が揃《そろ》えられている。「ばあちゃん……?」きょろきょろしたが台所のほうにも祖母の気配はなかった。

なんか静かだなと思ったものの、「やばい、時間」時計を見て急いで荷物を詰めにかかる。おにぎりを一つ口にくわえながら（たらこだったから当たり）着替えをエナメルバッグに突っ込み、残りの一つは朝練のあとで食べることにして（こっちは鮭……だったら当たりだけど、梅干しだったらハズレ）弁当箱と一緒に着替えの上に慎重に入れた。

玄関先で靴を履いてから振り返り、

「いってきます」

と一応言ったが、やはり誰も応《こた》えない。父子二人で過不足なく暮らしていた東京の都心のマンションよりも田舎の家はずっと古くて広い。黒褐色の木目の廊下はよく磨かれていて埃《ほこり》一つないのに、それがかえって妙なうら寂しさを浮かびあがらせていた。

祖父も祖母も本当はこの家に住んでなんかいないんじゃないか——

という妄想がよぎった、そのときだった。

ぐにゃっと視界が波打つように歪《ゆが》んだ。眼鏡——は、ちゃんとかけてる。フレームに一瞬触れ、目の前で起こりはじめたことに目をみはった。廊下の向こう端がぐんぐん伸びて壁が後退していく。

夢と同じ——⁉

ガラララッと背後で勢いよく引き戸があいた。

思わずびくっと身を跳ねさせて振り返ると「はよーございま……うお、いきなりいんなや」と訪問者のほうも驚いて目を丸くした。

「黒羽《くろば》……」

ちょっと呆然《ぼうぜん》とした、掠《かす》れた声で訪問者の名を呼んだ。

「灰島《はいじま》？　なんや、どうかしたんけ」

福井の訛《なま》りが入った言葉で言って戸口で首をかしげたのは、黒羽祐仁《ゆに》——高校のバレー部のチームメイトだ。制服の上から部活用のエナメルバッグを袈裟懸《けさが》けにした恰好《かっこう》は灰島とそっくりだが、背は黒羽のほうがすこし高い。白シャツに黒いズボンという簡素な制服が、二人が通う清陰《せいいん》高校の男子の夏服になる。

「今日はドンピシャやな。どうせ今日も始発で行くつもりやと思ったわ」しししし、となんか知らないけど勝ち誇ったように黒羽が笑った。

家の中に目を戻すと、伸びた廊下がもとの状態に落ち着いていた。

「ばーちゃーん、はよーございまーす」

黒羽が背伸びをして灰島の頭の上から声を張りあげた。奥からせかせかした足音が聞こえ、割烹着《かっぽうぎ》姿の祖母が顔を見せた。いるじゃん……と、つい灰島は心の中で毒づいた。

「あれあれまああ、坊ちゃん、今日も迎えにきてくだすったんですか。公誓《きみちか》、支度できてたんか。いってきますぐらい言っていかんか。忘れ物ないか？　茶の間に弁当と洗濯物……」

「言ったし。全部持った」

祖母のかしましい声を遮《さえぎ》ってぶっきらぼうに答える。いるなら早くでてこいよ。びっくりするだろ……。耳遠くなってるのかな、とちらりと思った。

おふくろもばあちゃんと似てたんだったらこんなにかしましかったんだろうか。もっと静かな人だったと思うけど、もしかして美化されてるだけなのか……小学校にあがる前に病気で死んだ母のことはうっすらとしか記憶にない。

母方の郷里であるこの福井で灰島は生まれたが、母の死後すぐ、父とともに東京に越した。中学二年の冬、灰島一人が福井に帰ってきて祖父母と暮らしはじめた。高校は父がいる東京に戻るという選択肢もなかったわけではないが、こっちで進学した。

黒羽との今の関係を言うなら「高校のバレー部のチームメイト」で間違いないが、中学でも短期間ながら一緒にバレーをやっていた。もっと遡《さかのぼ》るなら、灰島が東京に越す前、幼稚園の頃の遊び相手でもあった。東京に住んでいた八年間の断絶はあったが、幼なじみ、と一応言っていいのだろう。

「ほんならいってきまーす」

自分ちかよって感じの屈託のない黒羽の声に続いて灰島も「いってきます」と小声で言った。「はいはい。いってらっしゃい」と祖母が笑顔で見送った。

庭先から自転車を引っ張りだし、門前に停《と》めていた黒羽の自転車と並んで道に漕《こ》ぎだした。

母の実家がある紋代町《もんしろちょう》は福井の中でも山のほうにある田舎町だ。五時五十分に紋代町駅をでる始発に乗り、市を一つまたいだ先にある学校に着くのが六時半になる。始発を逃すと次発までは一時間近くあいてしまう。

「おまえなんで迎えにくんの？」

「なんやその言い草は。小田《おだ》先輩に体育館の鍵の借り方聞いといてやったんやぞ」

「おれには教えてくれなかったぞ、小田さん」

「おまえが加減を知らんでやろ」

「いくらなんでも始発より早く行かねえよ。行けないから」

「行ければ行くっちゅうことやろが。早く行ったかって誰もえんやろ。なにするんや」

別に一人でも……と言いかけて、ぎくりとしてやめた。

また目の前のものが急に遠のきそうだったから……。

「おまえまだ夏バテやろ。なんかぼーっとしてるぞ」

黒羽が隣から首を伸ばしてきた。「あと顔に変な線ついてる」顔を覗き込んで含み笑いを浮かべるので灰島はぱっと自分の顔に手をやった。なんだっけ、畳か。

顔を背けて頬を擦《こす》りながら、

「……春高《はるこう》予選の組みあわせ決まったら、ペースは配分、する。加減くらい知ってる」

「よっしゃよっしゃ。ちょっとは学習したみたいやな」

「えらそーだな」

ペダルから片足を離して黒羽の自転車を蹴《け》りつける。「おぇーやめろっちゃ」と黒羽が笑いまじりに抗議する。

ペダルを踏み込み、でこぼこ道を車輪が踏む感触で、大丈夫だ、と確認する。紋代町の大地は揺るぎない存在感で自分の下に根づいている。きっと何十年も前から、それこそ母があの家で生まれ育った頃から変わらない風景が続いているんだろう。

そういえばこの町の景色っていうのは不思議で、町の中のどこであろうが、歪みのない円の真ん中に自分がいる。三六〇度遮るものがない円《まる》い空と、円い大地とが交わる境界線を、淡い青緑色の山並みが縁取っている。山裾《やますそ》に向かって突き刺さるように一直線に延びる農道を二人で自転車を並べて走っていく。車輪ががたつくたび重いエナメルバッグが尻の上で跳ねる。

青の強さに幾ばくかの脅威を感じて目を細めた。東京の青空と福井の青空では、青の濃度がまったく違う。頭上から覆いかぶさってくるような蒼穹《そうきゅう》がじわじわと大地を焼きはじめている。夏休みがあけたばかりの九月初旬、まだ夜も気温がなかなか下がらない時期だが、夜明けの直前にかろうじて暑気が切れる。酷暑の支配力が薄れたわずかな時間のうちに駅に逃げ込まないといけない。

黒羽に言われたとおり、暑さでけっこう疲れが溜《た》まっているのは自分でも感じていた。去年やおととしに比べて今年は夏が長いような気がする。

でも、それは夏の大会がまだ続いてるからだ。そしてまだ終わって欲しくないし、終わらせない。

たぶん運動部やってる奴に共通する感覚だと思うけど。

一日でも長く、今年の夏が続けばいい。

「十日だったよな、組みあわせ決まるのって。来週の水曜か」

〝春高バレー〟の愛称で呼ばれる、全日本バレーボール高等学校選手権大会の県予選が二十七日からはじまる。全国大会への切符を手にするための今年最後のチャンスだ。

「もうそんなすぐなんけ。なんやったっけ、おまえが常勝記録突き崩すっちゅうてた、強《つえ》ぇとこ……そことはあたらんかったらいいけどなあ」

「福蜂《ふくほう》工業。遅くても早くてもどっかでは必ずあたるんだ」

「ほやけど清陰《うち》とあたる前に負けてくれるかもしれんやろ」

「まずないな。三村統《みむらすばる》が入ってから福蜂は県内で一度も負けてない」

「三村……すばる？」

きょとんとしたリアクションをする黒羽を「なんでおまえが知らないんだよ……」とあきれて睨《にら》んだ。「おれはともかくおまえは地元離れたことないだろ。聞いたことくらいないのかよ。福蜂の三村統——中学時代も進英中《しんえいちゅう》で県中《けんちゅう》三連覇してるだろ」

うーんと唸《うな》って黒羽は記憶を掘り起こすような間をおいたが、

「ない、なあ。ってか進英中ってどこや？」

今考えたフリしたけど、フリだろ。

「……おまえって夏バテしなそうだよな」

「まあしたことないけど、どーゆう意味や。褒め言葉のほうけ」

「なんとなくだよ。褒めてねえよ」

また蹴ってやろうとして足をだしかけたが、朝早くから農作業にでている老人をちょうど追い越したのでやめてやった。

「おう、ボンやげ。もう学校けぇ」

道端から訛りの強いだみ声が追いかけてきた。「部活や、部活ー」「ほおー。部活けぇ。

二人とも精だすんやぞー」「あいよー。いってきまーす」振り返って気楽な声を投げ返す黒羽の横で灰島も頭だけ下げた。坊ちゃんとかボンとか呼ばれるのは黒羽がこの町の地主のボンボンだからで、町には黒羽姓の者や、系譜のどこかに黒羽姓を持つ者がやたらに多い。

麦わら帽子の下からくしゃくしゃに老いた、しかし逞《たくま》しそうに陽焼けした顔が覗いた。

「ほや、とうきび茹《ゆ》でたん持ってくけの」

「いらんー」

と黒羽が断る前に、丸ごとの立派なとうもろこしが二本、回転をつけて放り投げられた。「げっ……」「いらんっちゅーてんのに」大暴投だ。頭上を軽々と越えていくので二人して慌てて自転車を漕いで追いかけ、危うくバランスを崩しつつサドルの上で伸びあがった。

二本のとうもろこしがくるくると回転しながら高く舞い、一度蒼穹に吞《の》まれて消える。逆光の中を黄金色の光をまき散らして降ってくる。

ぱぱんっ、と連続的な小気味よい音が空にこだまし、高く伸ばした二つの手に一本ずつ収まった。

第一話　笑うキングと泣き虫ジャック

1. VICTORY CEREMONY

チームメイトとともに二階観戦席の一角に陣取り、越智光臣《おちみつおみ》は下のフロアで行われている表彰式におざなりな拍手を送った。みんなもう帰り支度を済ませ、エナメルバッグを足もとに置いて気怠《けだる》げに座っている。

惜しかった——わけでもないので、あとすこし頑張れていたら今あの場所で表彰されているのは自分たちだったかもしれない、という類《たぐ》いの悔しさはなかった。県大会で三位に食い込み、初めてこの北信越大会への切符を手にしただけでもチームとしては快挙だった。北信越大会では結果は残せなかったが、それなりに満たされた三年間の部活生活だったと言えるだろう。まあ負けたあとはやっぱりちょっと泣いてしまったので、目のまわりがひりついている。

男女の優勝チームの代表者が賞状と優勝カップを授与されるところだ。それを最後まで見届ける前に、引きあげるぞーと声がかかった。復路のバスの都合があるらしい。

荷物を担ぎ、仲間に続いて座席を離れたときだった。

どっと館内を揺るがす歓声がわいた。少々ぎょっとして越智は表彰式に目を戻した。男子優勝チームの主将が受け取ったばかりの優勝カップを高々と頭上に突きあげたのだ。「スバルー！」「ありがとースバル！」「よっ大統領！」「ス・バ・ル！」「ス・バ・ル！」——殊勝な顔で整列していたチームメイトたちがやんやの喝采《かっさい》をあげる。

ああ、チームメイトにもよく見えるように、ってことか……だから「ありがとう」……。

女子の表彰がまだ終わっていないのに大騒ぎになり、大会委員長や役員勢は顔をしかめている。お偉方や保護者が大勢見守る堅っ苦しい場の真ん中でよくあんなパフォーマンスできるなあと無関係の越智がハラハラする。あとで怒られるかもしれないのに……まあお偉方は誰もあいつを怒れない、のかもしれない。

福井県第一代表として北信越大会に乗り込み、そしてダントツの強さで北信越を制したチーム、進英中《しんえいちゅう》の三年主将、三村統《みむらすばる》。

福井の中学生バレーボーラーで三村統を知らない者はいないと言っていいんじゃないだろうか。県内屈指のスパイカー。県の中体連の寵児《ちょうじ》。県内女子中学生のアイドル。目立ちたがり屋。男友だちも多い（らしい）——いろんな意味で有名人だ。

司会進行の声も喝采に呑《の》まれてほとんど聞こえず、代表者たちがばらばらに各々のチームの列に戻る。役員席に尻を向けるなり三村が自分のチームに向けて人差し指を立てた。

「いちばん！」

ニカッと笑い、〝いちばん〟を掲げたままほとんどダッシュの勢いで走りだす。チームメイトも心得てるんだろう、みんなが腕で三村を受けとめる網を作って待ち構える。大柄ではない三村だが、長身の選手の頭を軽く跳び越えるくらいの伸びやかなジャンプをして、〝みんなの真ん中〟へと身体《からだ》全部で飛び込んだ。

体育館いっぱいに笑いがはじけた。

……もしもの話、だけど。

自分が三村統のチームメイトで、あの網を織りあげる者の一人だったとしたら、どんな気分なんだろうと、遠い二階席の後方でその様子を眺めながらぼんやりと越智は考えていた。

そのときは他人事《ひとごと》の想像でしかなかったのだが――。


翌年の四月。同じ高校の体育館で、越智は三村と肩を並べて立つことになる。

「松本一中《まつもといっちゅう》出身、越智光臣です。よっ……よろしくお願いしますっ」

緊張でうわずった越智の自己紹介がまばらな拍手で迎えられたのに対して、

「進英中出身、三村統です！　よっしくおなしゃっす！」

三村が舌っ足らずな自己紹介を屈託なくしたときには、先輩たちから待ってましたというような大きな拍手が起こった。「目標は全国優勝です！」調子のいい宣言を本気にした者がいたかどうかは別として「おおーっ」と歓声があがった。

高校でもバレーを続けたいと思ったとき、志望校は自《おの》ずと決まった。福井県立福蜂《ふくほう》工業高校――福蜂男子バレー部は全国大会最多出場を誇る、県内の中学生バレーボーラーにとって憧れのチームだ。バレー部以外の運動部も県内では強豪とされている。夏の高校総体《インターハイ》と冬の春高《はるこう》バレー――三大全国大会のうち二大会において五年連続出場中。県の高校バレー、男子については現在間違いなく福蜂一強と言える。

高校からバレーをはじめようという初心者が入部してくることはまずない。レベルの高いチームでプレーすることを望んで県内全域の中学から集まってきた経験者ばかりである。

つまり三村統と同じ高校に進んだことは、奇跡的な出会いとかではまったくなくて、単なる必然だった。

ただ、想像が実現してチームメイトになったとはいえ、表彰式でのあの一場面のように越智が三村を迎える網の一部になれたかというと、また別の話で。

実力のある選手が集まってくるのだからレギュラーのハードルは当然高い。中学時代は県で三位に食い込むほどのチームでプレーしていた越智ですら、大会ではベンチ入りもできず、客席での応援にまわる〝その他大勢〟の一年生にすぎなかった。

越智の想像は半分だけ現実になったところで宙ぶらりんのまま放置されることになった。

2. SETBACK

何本とめられたんだろう。手もとのスコアブックにすべて記録しているので見ればわかることだが、越智はもう数えるのも嫌だった。

「掛川《かけがわ》、大丈夫や！　とにかくおれんとこ持ってこい！」

それでも三村は声をだしてトスを呼ぶ。速攻も時間差もことごとくブロックされ、いいレシーブがあがったとしてもセッターの掛川はもうコンビを使う勇気を挫《くじ》かれていた。すがるような気持ちで三村にトスを送るしかない。

立ちあがってコートサイドで指示をだしていた監督の畑《はた》がベンチに戻ってきた。

「先生……」

どっかりと隣に腰をおろした畑の横顔を見て、越智は言わずにいられなかった。

「勝たしてやりたいです……」

「当たり前や」

低い声で答えたものの、顎《あご》の無精ひげを撫《な》でながら畑は苦虫を噛《か》み潰したような顔でコートをただ睨《にら》んでいる。二回のタイムアウトももう使い切った。この段階で、どうしてベンチにできる最大の仕事が、コートの中の選手たちを信じることだけなんだ……。

焦心を抱えて越智もコートに目を戻した。無意識に右手に力が入り、シャーペンの先をクリップボードに押しつけていた。

高い山なりのトスが三村に託される。三村の目の前に三枚ブロックが揃《そろ》う。固く高い壁に阻まれてスパイクが真下に叩《たた》き落とされる。が、あろうことか三村は自分が着地しないうちに足でそのボールを蹴りあげた。ボールがコート上にあがり、福蜂の首が繋《つな》がる。ひと続きの滞空時間中にスパイクからリバウンドまでやってのけるのは三村の驚異的な身体能力と反射神経ゆえだ。そしてなにより気持ちが強かった。自分で打って自分でフォローしたボールを再び自分にあげるように呼ぶ。

これほどのプレーヤーなのに、インターハイ決勝トーナメント三回戦で苦しんでいる。相手は全国ベスト8の中に毎年必ず二校以上を残してくる強豪、九州勢の一角。北陸の星、三村統をもってしても突き崩せない。

もういい……。もう、やめろ……。内心で何度も越智は呟《つぶや》いた。こんなに連続で打っても自分のチームの得点として三村の背番号〝1〟をスコアブックに刻むことができない。

仕切りなおしての福蜂の攻撃。しかし三村にしては珍しいミスで、スパイクをネットに引っかけた。普段の三村のジャンプ力であればものともしない二メートル四十三センチのネットが突然その高さを誇示しはじめて三村の前に立ち塞がった。いくらなんでも脚が限界だろう――一瞬、三村が見せた呆然《ぼうぜん》とした表情に心臓を摑《つか》まれるような痛みを感じながら、越智は目を伏せ、スコアブックに福蜂の失点を書きつけた。ぱきんとシャーペンの芯が紙の上で折れた。

インターハイ八年連続出場の福井県代表・福蜂工業高校だったが、結果は決勝トーナメント三回戦で敗退。ここで北陸に帰還することとなった。

チームの調子は決して悪くなかった。しかし終始相手にペースを握られた。流れを摑み寄せる隙を全国ベスト8常連チームは与えてくれなかった。それでも三村を主将に戴《いただ》く前の去年までの七年間は三回戦にすら届かず負けていたのだ。今年ようやくベスト16に食い込み、最終日が視野に入るところまで駒を進めたのは、監督の畑の地道な育成の成果だったには違いない。

例年、真夏の七月末あるいは八月頭に開催されるインターハイの大会日程は、連続四日間と厳しい。一日目の予選グループ戦、二日目の決勝トーナメント一回戦・二回戦、三日目の三回戦・四回戦、四日目の準決勝を勝ち進み、決勝に残った二チームにのみ、センターコートでプレーする栄誉が与えられる。ばたばたと同時進行する多面コートの試合と違い、体育館の真ん中に設《しつら》えられた、ただ一つのコートで今戦っているチームのみが、会場中の注目を浴び、声援を独占する。隣のコートのホイッスルが飛び込んでくることもない。自分たちの試合のためにのみホイッスルが高らかに鳴る。

出場するどのチームもセンターコートに母校のプラカードを立てることを夢見ながら、しかし無論のこと、ほとんどのチームがそこに届かずして敗退する。

「統。忘れんなや、これ」

三年前の中三の夏には〝いちばん〟を掲げて満面の笑みで仲間のところへと飛び込んでいった三村が、どこかふらっとした足取りで一人でコートから引きあげてきた。越智はプラカードを引き抜いて三村に差しだした。試合中はベンチに立てられているプラカードは整列の際に主将が持つことになっている。

「越智……」

プラカードに手を伸ばす前に、ぽつりとした声で三村が言った。

負けてすまん、とかいう台詞《せりふ》を三村の口から聞きたくなんてなかった。謝ってもらう資格が自分にあるわけがない。自分だけじゃない、チームの誰にもそんな資格はない。おまえが一番必死でやったんだ。おまえ以上に勝ちに執着した者がいただろうか。他の誰がおまえのかわりになれただろうか。

「次はいよいよ春高やな」

先んじて越智から言うと、なにか言いかけた口を開いたまま三村が顔をあげた。たった今試合を終えたばかりの選手をねぎらうどころか、さっそく次の大会に向けて尻を叩くなんてひどい奴だと自分で思う。何十回と跳んで、着地して、今こいつの膝はぼろぼろだろうに。

「おれをセンターコートに連れてってくれるんやろ？」

努めて軽い口調を繕《つくろ》った。軽口を言うのは普段は三村の役目であり、越智の得意とするところではないのだが。

いつものようにニカッと笑うのを予想していた。しかし三村が、

「……簡単に言うなや」

と愚痴るように呟いたので、軽口のやり場を失った。

「まあ連れてくけどな」

思いなおしたように三村はすぐに笑った。さすがに疲労が濃い、力の抜けた笑いだった。

ぞんざいな扱いで二人のあいだでプラカードが受け渡されたのは、気のせいかもしれないし、実際そうだったかもしれない。「福蜂工業」という校名の下に「福井」の文字が添えられた、母校と県を背負ったプラカードだ。

自分たちの県の中では常勝校としての誇りと重みがのしかかる校名は、全国ではあまりに軽いものでしかないことを、この三年間で思い知らされ続けている。

夏のインターハイが終わってもまだ三年は引退しない。九月末には春高バレーの県予選がはじまる。一月に東京で本戦が開催されるこの大会は、同じ全国大会でもインターハイとは別格の華やかさに溢《あふ》れている。地方の公営体育館の板張りの床とは一線を画《かく》す、空色のシートに描かれたまばゆいオレンジコート——そのセンターコートに立つことは特別な意味を持つ。テレビで放映される国際大会で日本代表選手や世界の名だたる選手たちが立つ、あのセンターコートからの景色を見ることができるのだ。

次の春高が二人にとってラストチャンスとなる。

ピピッと主審から笛が鳴らされた。勝利チームのほうはプラカードを先頭にとっくに自コートのエンドライン上に整列していた。

「整列や！」

三村が自分のチームを振り返って声を張った。決して人前で弱気を見せない、福蜂の主将の声に戻っていた。肩を落として嗚咽《おえつ》している二年の戸倉《とくら》の背を叩いて「おまえは来年もあるやろ。ほら」と連れていく。コートの内外で打ちしおれていた他のチームメイトたちにも「カッコ悪《わり》ぃ面《つら》してんなって。最後ビシッと決めて帰るぞ」と明るい声で活を入れると、みんな走って三村のもとへ集まり、しっかりと顔をあげて整列した。

あの列の末端に並ぶことはない自分の立場の歯痒《はがゆ》さを越智は胸の奥で噛みしめた。自分には自分の仕事がある。コートに背を向け、ベンチの荷物を手早くまとめはじめた。

この年のインターハイ、福蜂の主将は三年、三村統。監督は福蜂ＯＢでもあり、福蜂を率いて八年目になる畑。

越智光臣は——マネージャーとして登録されている。

＊

怪我《けが》で選手を諦めることになったのは一年生の夏だった。インターハイ直前、つまり福蜂に入って、越智にとって初めて行く全国大会を控えていた矢先のことだ。練習中の接触で転倒して右膝を痛めた。

部にとって、ひいては将来の県バレー界にとっての大きな損失——ではなく、レギュラーの候補にもならない末端の一年が怪我をしただけのことだ。身長も伸び悩み、自分でも選手として頭打ちであることを実感していた頃だった。まあ結局そんな気の緩みが怪我に繋がったのかもしれない。

リハビリに四ヶ月と言われた。四ヶ月が長いか短いかは意見の分かれるところだろうが、そこまでやってもどのみち福蜂のレギュラーになれるほどの人材では、我ながらない。

やめちまおうかな……という気持ちにだいぶ傾いていたとき、畑に呼びだされ、マネージャーにならないかという話をされた。

打診の形ではあったが、わりと懇願に近かった。なにしろ全国大会に行くようなチームになると雑務も多いのでマネージャーは必須だ。越智が入った年は本田《ほんだ》という三年の男子部員がいて、非常によく気がつく名マネージャーだったが、インターハイが終わったら引退させて受験に専念させてやりたいというのが畑の意向だった。本田も怪我により選手からマネージャーへとシフトしたケースだったらしい。

多くの部員が女子マネがいたらいいのになあと密《ひそ》かに思っていたのは言うまでもないが、福蜂男子バレー部は、というか福蜂の男子運動部全般にあてはまるのだが、女子マネージャーをおかない方針だ。福蜂は一応共学だが、工業高校という特性上ほとんど男子校のようなものである。仮に女子マネが欲しくても悲しいかな女子生徒の絶対数が少ない。

本田のことは越智も慕っていたが、それでも男でマネージャーなんて笑われるんじゃないか、というのがこの頃の感覚だった。少年コミック誌に載っているスポーツ漫画を見渡しても女子マネとのラブコメに溢れているわけで。自分がマネージャーになるというのがどうしても想像できなかった。

通院を口実に（それも本当なのだが）、部から自然と離れ気味になっていった。

そんなときに、三村とばったり会った。総合病院の整形外科の待合室でのことである。

「あっ越智もここ来てたんか。どや、具合」

離れた席から互いを認識すると、三村のほうからひょいひょいと越智の隣に移ってきた。学校ではクラスが違うし、二、三年の先輩たちにまじっていることが多い三村とは部活中も接点が薄かったので、親しげに話しかけられたことに戸惑った。

「あ、ども……」

持ち前の人見知りを発揮してもじもじしてしまう。考えてみれば狭い県内、中学時代も何度も対戦経験はあるので別に知らない仲ではない。とはいえ同じ地平上でプレーしていた気はしないのだが。

土曜で授業がない日だったので越智は私服だったが、三村はTシャツにハーフパンツという運動着姿で、かさばるエナメルバッグを脚のあいだに置いていた。このまま部活に行くつもりなんだろう。

部活中の事故だったから三村が越智の怪我のことを知っているのは当然だ。でも、あれ……？

「三村く……ん、は、なんで？」

一対一《サシ》で初めて話すような気がする。呼び方すら定まらない。

「三村くんってなんや。統。統。みんなそう呼ぶし」

入部当初から三村はみんなに気易《きやす》く下の名前で呼ばれている。人懐っこさは持ち前の性格のようで羨ましい……けど、声でけーよ、待合室なんだけど……。

「おれも膝、中学でやってるんや。両方で手術二回」

あっけらかんと言って三村がハーフパンツの両方の裾《すそ》をつまみあげた。

でかいミミズが皮下を這《は》った痕《あと》のような、赤黒い縫い痕が左右の膝に走っているのを見て越智は息を呑んだ。

「手術って……いつ？　大会ずっとでてたよね？」

「んーと、二回目が三年なる前の春休みで、一回目のがでかかったんやけど、それがその一年前やったな。リハビリしながら試合だしてもらってたんやって。無理そうやったらすぐ引っ込めるって言われてたんやけど、結局全部だしてもらえたなー」

過去二年の春夏の大会を今思い返しても、あの三村のプレーが膝の手術後だったなんて信じがたい。

「おれ、中学までそんなにでかなかったやろ？　あっ越智って松本一中やろ。中学んときのおれ憶《おぼ》えてる？」

「う、うん、ほりゃ」

越智の代の中学バレー部出身者で三村統が記憶にない奴なんているわけがない。三村のほうが越智の出身中学を迷わずそらんじたことが驚きだ。

中学時代の三村は、たしかに決して身長に恵まれてはいなかった。

「ほやで人より高いとこ届かすには、人より跳ねんとあかんやろ。ほんで知らんうちにムチャしてもたみたいでなー。早生まれやでちっさかったんかなあ？　越智誕生日何月？」

「おれ？　えっと五月……」

「まじで？　おれとほとんど一年違うげ」

背は大きくなかったが、ものすごく跳ぶ選手だった。長身のブロッカーの遥《はる》か上から打ち下ろされるスパイクの破壊力はレシーバーにとって脅威そのものだった。誰が呼びはじめたのか〝悪魔のバズーカ〟なんて二つ名ができたほどである。

手術の大きさを物語る、嫌でも目立つ両膝の手術痕——言われて意識してみると三村は練習中必ず両膝にサポーターをしている。今それが意味するところを知った。というか、なんで今まで知らなかったのか。チームメイトになって三ヶ月だが、同じ県で、同じ学年でバレーをしてきたのだから、三村を知ってもう何年にもなる。

自分が三村のチームメイトだったら……なんて憧れていたくせに、今までなにを見ていたんだろうと、自分自身に若干愕然《がくぜん》とした。遠くから薄目でそのすごさを眺めていただけで、なにも見てなんかいなかったのだ。同じチームになったところで自分から距離を縮めようともせず、先輩たちにかわいがられている三村を遠目に見ているだけだった。

「ほれって……今も？　ほんで今日も？」

将来きっと日本代表にだって選ばれるだろうと思っていた三村が、実は選手として限界だったなんて――考えたらぞっとした。

「ああ、今日はただの定期検査。大事に使えば問題ないって言われてるし、今は基本なんともないんやー」裾を戻して両の膝頭を軽く叩き、「ありがとぉな」と三村は笑ってつけ加えた。「なんも……別に」と越智はまたもじもじする。

「それよりそっちのが今たいへんやろ。みんな気にしてるぞ」

みんな気にしてる？　そんなわけがない。

「おれは……リハビリ四ヶ月、って言われてて……」

「四ヶ月かー。長いなー。ほやけどうまくいけば十一月の新人戦には間にあうげな」

「……治ったかって、でれんし」

楽天的な言いようについぽろっと愚痴がでた。三村がすこし驚いた顔をした。

人懐っこい人間っていうのは裏を返せば無神経なんだと思う。これを言ったら相手はどう思うだろうか、傷つけないだろうか、気分を害さないだろうかって、越智なんかは常に考えてしまうから、思ったことを半分も口にできない。

「三村くんが怪我乗り越えたんは、すげぇんやと思うけど、それはチームが三村くんを待ってたでやろ。おれはどっちにしたかってたぶんベンチにも入れんし、リハビリ頑張って復帰する意味あるんかわからんし……三村くんのほうが怪我はたいへんやったんかもしれんけど、おれのほうが楽ってわけやないし……」

今は生成《きな》りのサポーターで固定されている右膝に目を落としてぼそぼそとこぼす。我ながら三村と正反対の根暗な喋《しゃべ》り方だ。初めこそ三村と話す機会ができたことに戸惑いつつもうっすらと胸をはずませたが、今では早いところどっちかが呼ばれないものかと切に願っていた。整形外科の待ち時間の長さが恨めしい。

「おまえが楽やなんておれがいつ言ったんや。勝手に卑屈になんなや。おまえって悲劇の主人公ぶるクチけ。めんどくせぇ奴やな」

底なしに明るかった三村の声が低くなった。いつ見ても陽気で、人の好悪《こうお》がなさそうな三村の態度がこれほどストレートに変わるとは思わなかった。……こんなに簡単に嫌われるとは思わなかった。

「おまえにとってバレーが怪我乗り越えて続ける価値がないもんなんやったら、そりゃおれよりずっと苦しいやろな。好きでもないもんを乗り越えんとあかんのは」

厳しい言葉に喉がぎゅっと締めつけられる。口論は昔から苦手だった。自分の中に反論はいっぱいあるのだが、言葉にできなくて結局言い負けるからだ。

「……好き、やないとは、言ってえんやろ」

それでも今日は小さな声で反論がでた。三村統の不興を買ったからにはどうせもう部に自分の居場所はない。

「三村くんにはわからんやろ。マネージャーやらんかって言われることなんて、絶対ない奴にはわからんよ。おれかって、やめたくてやめようって思ったわけやないけど、先生が……」

「なんや、喧嘩《けんか》けぇ？　仲良《なかよ》せいやぁー」

三村の向こう隣の席から冷やかす声がかけられた。まわりの他の患者にまで笑われて羞恥《しゅうち》で顔が熱くなる。言い返したことをあっという間に後悔した。喧嘩？　喧嘩にすらなってない。自分がぐずぐず泣き言を言っただけだ。もう今日は診察はいいから帰ってしまおうとバッグのストラップを摑んで立ちあがった。

「待てや越智、おいっ」

ところが三村まで立ちあがり、ベンチを飛び越えて追ってくるではないか。思わず逃げるようにエレベーターに乗り込み、殴りかかってくるんじゃないかという勢いで走ってくる三村の目の前で「閉」ボタンを押した。三村がつま先を突っ込もうとしたが寸前で届かず、むかっとしたような顔を残してドアが閉まった。

……そりゃ普通怒る。こんな真似《まね》されたら。

サポーターの下で膝が急に痛くなってきた。奥の壁に背中をつけてバッグを足もとにおろした。部活にでる気はなくても持ち歩いているのは部活用のエナメルバッグだ。学校と部活以外ででかけるための鞄《かばん》なんて持ってない。中学三年間バレーしかやってこなかったんだ。好きでもないのにやってこれたわけが、ないだろっ……。

「くそぉ……」

床に向かって吐き捨てた悪態は、三村にではなく自分に対するものだった。自分の卑小さに泣けてくる。たぶん図星だったんだろう。だから柄にもなく言い返したりしたのだ。

三村が怪我で苦しんだほどには、自分は苦しんでなどいないのだと思う。四ヶ月のリハビリに耐えるくらいならバレーをやめることを選べる程度なんだから……。

一階でエレベーターをおりると、正面玄関のガラス扉の外で七月の真っ昼間の陽射《ひざ》しが勢力を振るっていた。目に突き刺さる燦々《さんさん》とした光に顔をしかめて、明るい戸外に踏みだすことに尻込みしたとき――。

どどどどっ、と上のほうから地響きが降ってきた。反射的に逃げ腰になって振り仰ぐと、脇にある階段から三村が飛びおりてきた。文字どおりの意味で、踊り場から飛んだのだ。スパイクジャンプのフォームと同じように弓なりに反った長身がビル半階分の虚空を舞った。ガラス扉から射す光の筋の狭間《はざま》にその姿が一瞬消え、次の瞬間、光の中から突然現れたように見えた。

身体をくの字に折り、両膝を沈めてだんっと着地した。袈裟懸《けさが》けにしたエナメルバッグが浮きあがり、一拍遅れてストラップに引っ張り戻されて背中にぶつかった。

「ちょっ……ひざっ……⁉」

大事にしなきゃいけないんじゃなかったのかよ⁉

呆気《あっけ》にとられている越智の前で三村がすくと身体を起こした。中学時代はジャンプ力と勢いが武器だった三村だが、今では身長も順調に一八〇を超え、身長・ジャンプ力・スパイク力と三拍子が揃った最強のスパイカーになっている。一七〇センチ手前で伸びしろに見放された越智とは目線の高さが十センチ以上違うので、上から睨みおろされる形になる。

「なんで帰るんや。話途中やろが……ってちょっ、おま」

息をはずませつつ怖い顔で言いかけたところで三村がぎょっとした。慌てて越智は顔を背け「ご、ごめ」うわ、涙声だ。「ごめ……」喋ろうとしたらもっと涙がこみあげてきた。本当にもう恥ずかしさの極致だ。高校生にもなってちょっと部活の仲間に怒られたくらいで泣かねえよ、もおっ……。なんかもう今日はぐちゃぐちゃだ。今日だけじゃなくてここんとこずっとぐちゃぐちゃだ。

「みっ……三村くんのことは、ほんとにすげぇと思ってるし、中学んときから憧れやったし、ほっほやで、さっき言ってもたことはただの、おれの僻《ひが》みやで……おっおれ僻みっぽいし、ね、根暗やし、ネガティブやし、地味やし、三村くんたな考えにはなれんのや。なんも考えんとリハビリ頑張ってバレー続ければいいんやって、わかってるけど、いろいろ、ぐずぐず考えてもて、どんどん自分でドツボに嵌《は》まってもて……」

なにを自分語りがまじった言い訳してるんだ。自分の性格が嫌で嫌でしょうがない。おまけに外見も地味で暗いし。三村の才能を羨んだところで、仮に自分にそれがあったとしても三村のような人気者のエースになんかなれなかっただろう。一緒にいて楽しい奴というような評価をされたことがない。

なにからなにまで、正反対だ。

「ごっごめん、まじでもう、おれんことは気にせんといてっ……」

気にしないでくれという以上に、放っておいてくれ、という思いだった。だいたいなんで追いかけてくるんだよ。こっちから壁作ったんだから、普通放っとくだろ?

「……後悔してるんけ。福蜂に入ったこと」

頭の上から声がかかった。みんなの中で笑っているときの雰囲気とは違う、おとなびた静かな声だった。

「そこそこのレベルんとこ行っとけば越智は十分レギュラーになれたやろな。怪我もせんかったかもしれん。おまえぜんぜんヘタやないし。二年の冬季大会んとき、おれがすっげーキレーに決めたって思ったスパイク、越智にフライングで拾われたんを、今でも夢に見るくらい憶えてるわ」

えっ、と驚いて目をあげる。中学のときの自分のプレーが三村の印象に残ってるなんて思ってもいなかった。

そのプレーは自分でも憶えている。今までのバレー人生で最高のファインプレーだったと思う。三村のスパイクは腕が痺《しび》れるほど強烈だった。けれど、それ以上にそれを拾った自分のプレーに心が痺れた。

「福蜂に来んとけばよかったか？　ほやけど福蜂以外のどこのチームが今、うちの県で全国レベルの力を持ってる？　どこも持ってえんぞ。あの景色を見てみたいんやったら、越智の選択は間違ってえんかった……ほやろ？」

泣き顔であることも忘れて越智はいつしか吸い込まれるように三村の引き締まった顔を見つめていた。どちらかというと目鼻立ちははっきりしているが、際立って顔がいいわけではない……と、たぶん僻みを差し引いても思うが、そこだけ濃度が違う空気を一枚纏《まと》っているかのようで、不思議と目を惹《ひ》かれる。〝特別な奴〟だけが持っている引力がこういうものなのかもしれない。

三村統は、才能に恵まれたただの天然で明るい奴ではない。ちゃんと計算高く、高い意識をもってバレーをやっているんだ。チームが待ってるから楽だとか楽じゃないとか、甘ったれた泣き言をぶつけられたら怒りを覚えもするだろう。

「マネージャーのこと、監督に言われたんけ」

「え……う、うん。やってくれんかって……」

洟《はな》をすすって頷《うなず》く。

「やってみればいいんでねぇんか、マネージャー」

いつも聞くのと同じ明るい声に戻って三村が言った。

「リハビリ乗り越えれたかってベンチ入りできんとか、ほんなことぐずぐず言ってるんやったら、マネージャーんなってみりゃいいんでねぇんか。マネージャーやったら確実にベンチに入れるぞ。選手やったらひっでいる中からレギュラーの枠に選ばれなあかんけど、マネージャーは一人しかえんやろ？　するするっとベンチ入りやぞ」

……えーと……？

なんだその、オレ理論……!?

そんな発想したことなかった。どこまでポジティブなんだと越智はしばしあいた口が塞《ふさ》がらなかった。

「だいたい全国大会行ったら男マネばっかりやぞ」

「えっ、そーなんや？」

そこには食いつくように反応してしまい、「やっぱそこか」としたり顔をされる。男でマネージャーなんて笑われるんじゃないかと、つまらないことを気にしていたのを見抜かれていたようで恥ずかしくなる。

「春高のセンターコート、行きたないか？　越智」

突然方向転換した三村の話に「えっ……？」と、とっさに尻込みして返事に詰まった。

春高を口にすることにはさすがの越智も尻込みはない。福蜂は春高出場常連校だ。今年も県内に敵がいるとは思えないから十中八九連続出場を決めるだろう。

だが、センターコートとなると話は違う。春高では準決勝以上がセンターコートで行われる。決勝まで行かないとセンターコートに立てないインターハイと比べたらチャンスはあると言えるが、最高成績が二回戦敗退という福蜂にとってはどのみち〝目標〟というより〝夢〟に近い場所だ。先輩たちも一度も手を届かせることができないまま卒業していった。

けど、三村なら——三村がいれば、行けるのかもしれない。

福蜂バレー部史上最高の、いや県の史上最高のエースになるに違いない三村統を擁《よう》した自分たちの代、とうとうあの、観衆で埋まったアリーナ席にぐるりと囲まれた、ただ一つのオレンジコートを踏む。あの眩《まぶ》しいコートの上で、〝いちばん〟を掲げた三村が飛び込んでくる、それを受けとめる網の一部になれたら……。

「どーなんや。行きたいんか、行きとないんか」

ぽかんとして想像を巡らせていたら三村がちょっと焦《じ》れったそうに眉をひそめた。

「いっ、行きた、いよ、そりゃ……ほやけど……おれはどーせ……」

身を乗りだす勢いで言いかけたものの尻すぼみになり、三村に溜《た》め息《いき》をつかれる。そろそろまた怒られるんじゃないだろうか。

「ぐずぐず言ってえんと、腹くくっておまえの三年間、おれに預けろ。おれがおまえを春高のセンターコートのマネージャーにしてやる。想像してみろや、春高のセンターコートのベンチスタッフやぞ？　絶対目立つし、かっこいいぞ？」

三村が破顔一笑《はがんいっしょう》した。スポットライトがぱあっとあたったように見えた。

中学時代からずっと三村と同じ地平上に立っている気がしていなかった。三村がみんなに囲まれて楽しそうにしている場所は、きらきらした光があたる高いところにあるように見えていた。自分には遠い場所だと思って、自分から薄暗いところに引っ込んでいた。

それをこの、越智たちの代の絶対的な王様でスーパーヒーローは、ものすごいジャンプ力でいとも簡単に玉座から飛びおりて、わざわざ迎えにきたのだ。

〝おまえの三年間、おれに預けろ〟

そのちょっと強引な、しかし抗《あらが》いがたい魅力に満ちた言葉によって、越智の三年間の高校バレーは再スタートしたのだった。

3. ONE AND ONLY POSITION

「先生。Ｋ校との練習試合のビデオ編集しときました。みんなで見る時間とりますか？」

「ご苦労さん。おまえ見てどう思った？」

「数字だけなら向こうのブロックポイントは一本だけですけど……レフトにぴったり張りつかれてたんで、統がかなり引っかけられてました。失点には繋がってえんけど、ヤな感じです」

「ふうむ……一応土曜に視聴覚室押さえといてくれるか」

「はい」

と請《う》け負い、弁当を広げている畑のデスクの端にＤＶＤを置いた。

　昼休みの職員室は教職員の他にもなにかの用事で来ている生徒の姿が多く見られ、ざわざわと騒がしい。畑は外部から雇った監督ではないので本職は教員だ。福峰に新任でやってくるのと同時に男子バレー部の顧問になって八年目の四十歳。白いものが半ばまじってごましお色になった頭を五分刈りにし、ごましお色の無精ひげをまばらに生やした大男はまあまあ押しだしがよい。

一礼して辞そうとしたとき、ふいに言われた。

「おまえさんは字ぃ上手《うま》いなぁ」

DVDに貼ったラベルをなにやらしげしげと眺めて。「はぁ……？　普通ですけど」

マジックで簡単に書いただけのものを褒められてもよくわからない。

「春の試合で新入部員全員にスコアブックつけさしてるやろ？　まあ毎年あきれるくらいクソきったねぇ字ぃ書く阿呆ばっかりなんやけど、あの年はそん中でおまえだけが綺《き》麗《れい》に書いてきてなぁ。たぶん字の大きさが揃ってるで読みやすいんやろな。あーいや、怪我したんが幸いやったなんちゅう話やないぞ。ただな、誰でもいいわけやなかったっちゅうんは言っときたくてな……。長いことようやってくれた。ずいぶん助けてもらったわ」

先生、もうすぐ死ぬんですか。急にしんみりした話をされると変な心配をするのでやめて欲しい。

「なんすか、急に……おれまだ引退しませんよ」

「おれはありがたいけど、本当にいいんか？　大学行くんやろ」

「統が負けんあいだは、おれもやりますって」

「ほうか……統が負けんあいだは、か」

と畑は感傷に浸るように繰り返した。だから先生、もうすぐ死ぬんですか。

「まあぼちぼち引き継ぎのことも考えといてくれや。あーほれと今日、フクロウテレビさんが来るで統のコメント欲しいっちゅうことなんやけど。水野《みずの》さんや」

「水野さんですか。ほやったら大丈夫やと思います」

「ほしたら統に言っといてくれ。昼飯まだやろ。引きとめてすまんかったな」

常勝校ともなれば全国大会の予選がはじまる頃には地元の新聞社やテレビ局が取材に来るのも常だ。記者やディレクターの顔も見知っている——記者やディレクター、などという人々とまさか自分が関わる立場になるとは思いもしなかった。

職員室を辞して廊下を歩きながら、引き継ぎかー、と気が重くなった。

いつの間にやら三年の九月だ。実際多くの部活動は夏の大会を最後に引き継ぎを終えている。だが、バレー部にはまだ春高が残っている。以前は三月開催だったものが一月開催に変わってから三年生も出場できるようになり、名実ともに〝最後の大会〟という位置づけになった。

そこまで強くない学校ならインターハイの県予選が三年の引退試合になり、はやばやと二年に引き継ぐ場合も多いが、福蜂はもちろん年明けに東京で行われる春高本戦を見据えている。毎年三年のほとんどが自分の意志で部に残留する。ただマネージャーまで必ずしも残留することはないので、畑も気遣ってくれているのだろうが……。

職員室からまっすぐ向かったのは食堂だった。午前中の休み時間に早弁を済ませて昼休みは昼練にあてるのがバレー部のスケジュールだが、木曜は休息日だ。週のうちで唯一ゆっくり昼飯を食べられる日である（まあたいてい今日のようになにかと所用で時間を取られるが）。

昼休みも終わりかけだが、そこここにグループを作ってまだだらだらとだべっている生徒たちで食堂は賑《にぎ》わっていた。中央の大テーブルに陣取っている坊主頭の野球部の声がことさらでかい。文化部系は隅のほうのテーブルでせいぜい三、四人の小さい集団を作っているが、それはそれで自分たちの趣味の話に夢中になっているようだ。

福蜂の男子生徒は三種類に大別される。即ち「部活バカ」「ヤンキー」「理系」である。外部からは運動部の強豪校として知られている福蜂だが、そこはやはり工業高校なので、文化部棟にはカオスなほど細分化された理系の部の数々が生息している……らしい。そっち側は越智から見るとアンダーグラウンドな世界すぎて踏み込めない。越智は「部活バカ」に属しているわけだが、「部活バカ」は「ヤンキー」とはけっこう仲がいいものの「理系」とは接点が薄いのだ。

ちなみに女子はどこで食べてるのか知らないが食堂には来ないので、ただでさえ男率が高いのに食堂は本当に男一色である。運動部の各集団が発する汗と土のにおいやら、一部の工業系の部が持ち込んでくるオイル臭やらが飯のにおいと混ざりあって謎の化学反応を起こし、なんだかもう形容しがたいにおいが発生している。

真ん中ではないが隅っこでもないというテーブルの一つを、気のおけない顔ぶれが囲んでいた。

越智と同じ三年で、両ミドルブロッカーを務める高杉潤五《たかすぎじゅんご》と朝松壱成《あさまついっせい》。三年でリベロの猿渡勇飛《さわたりゆうひ》。二年の中ではエース格で、三村の対角のウイングスパイカーを担う戸倉工兵《こうへい》。二年ながら今年から正セッターに起用されている掛川智紀《ともき》。セッター対角のウイングスパイカーを努める二年の矢野目慶太《やのめけいた》。スタメンではないがピンチサーバーとして重用されている三年の神野龍大《じんのりゅうだい》。そして、三年主将、三村統——部の中核メンバーが顔を揃えている。普段から飽きるほど顔をつきあわせているんだから週一くらいはクラスメイトと飯を食えばいいものを、三村がいる場所に一人、また一人と集まってきて、気づくと結局いつもの面子《メンツ》でつるんでいるのが常だ。

何人かがこっちに気づいて軽く手をあげた。頷き返しておいて越智は先にカウンターに足を向けた。昼休みになるなりハイエナのごとく群がってくる男子高校生によって大半のメニューは食い尽くされている。売れ残りのきつねうどんを購入していると、戸倉が勇んで喋っている声がここまで聞こえてきた。

「K校の女子マネが二人とも統先輩にサインもらいに来たやないですか。同中《おなちゅう》でK校行ってる奴の話やと、ちっさいほうは主将の彼女やそうなんですよ」

「ちっさいほうって髪くくってるほうやったっけ」

「そーです。ちょっとぽっちゃりしてるんやけど癒やし系って感じの」

「ショートのほうが美人っちゅうたら美人やなかったけ？」

「ショートのほうは二年のエースとつきあってるんですって」

「まじけ」

「許せんですよね。けっ、ほやで共学は弱いんじゃ」

「工兵ー。残念なお知らせやけどうちも共学やぞ」

もっともなツッコミに戸倉が「うぅ」とうなだれる。「先輩、うちにも女子マネが欲しいっす……ちょっと弱なってもいいんで……」練習試合の反省会でもしているかと思えば、なにを吸収してきたんだおまえは……あきれつつ越智は背後から戸倉に近づき、

「そんなに女子マネがいいんやったらK校行けや」

ごんと音をさせて戸倉の脳天にトレイを載せた。一八三センチの戸倉の広い背が凍りついた。

「越智先輩、ここどーぞ」掛川がトレイを持って戸倉の隣をあけた。「おれ次実習なんで、もう行きます」「ほやほや、おれもや」と同じクラスの矢野目も残りの飯を掻《か》っ込んで立ちあがる。

「掛川、テーピングとコールドスプレーもう最後やったやろ」

「あ、そーです。昨日気ぃついて」

「土曜に届くようにしてあるで、もたしてくれ。ネットで安くて早いとこ見つけたで次からそこ使ってみるわ」

「わかりました。助かります」

「あと一年に雑巾一枚ずつ持ってこいっちゅうといたの、収集しといてもらっていいけ」

「リョーカイです」

てきぱきと事務連絡を済ませ、戸倉の頭の上からテーブルにトレイを移す。頭に汁物を載せられているという危機的状況から解放されると戸倉がほっと力を抜いた。

「ったく、弱なっていいわけないやろが。うちの目標はなんや？」

「すいません……越智先輩で我慢します」

「あぁ？」ドスをきかせると戸倉がまた凍りつき「嘘《うそ》ですっ。越智先輩がいいっす。最高っす」

「まーもともと誰も試合中にベンチ振り返って越智に癒やされようなんちゅう期待してえんやろ。越智に黄色い声援送られたかって、逆にどーしたおまえ⁉ってなって試合どこじゃなくなりそうやしな」高杉がにやにやしてフォローなんだかディスってるんだか微妙なフォローをし、まわりからも笑いが起こる。「どーせおれは花ないわ」と越智は不本意な顔をする。

「越智には越智の仕事があるやろ」

話に加わっていなかった三村がそこで初めて口を開いた。

越智は正面の席に目を向けた。三村はすでに昼飯を終え、五〇〇ミリリットル紙パックのイチゴ牛乳をストローですすりつつバレー雑誌を流し見ていた。

早くも午後の睡魔に襲われているのがあきらかな気怠い声だが、三村の声は絶対にスルーされない。たとえそれまで会話の端にいても、口を開いた途端三村がいる場所が〝真ん中〟になる。

「応援とか洗濯とかはみんなでやりゃいいことやろ」

「ほやほや、統の言うとおりや。越智がマネージャーんなってから敵の分析《スカウティング》本格化したしな」

「ビデオひっつで見やすいもんな。前まで垂れ流しを溜め込んでるだけやったんが信じられんわ」

三村の言葉をきっかけに今度は急に持ちあげられはじめ、それはそれで痒くなる。畑といいチームメイトといい、今日は妙に褒められる日だ。もうすぐ死ぬのは自分のほうなんじゃないか。

越智擁護の空気になり、戸倉がしゅんとして「つまらんこと言ってほんとすいません……」とでかい身体を小さくした。

三村が雑誌からちらと目をあげた。

「工兵ー。おれデザート欲しいんやけどなー」

甘えるような声になって三村が言った途端、飼い主の帰宅を出迎える犬よろしく戸倉がぴょこんと立ちあがった。

「はいっ。買ってきます」

「第一希望ビッグチョコプリンな。なければ違うんでいいわ」

「必ず手に入れますっ」

三村が放った百円玉をキャッチして勇んで駆けていく。犬種で言ったらラブラドール・レトリバーってとこだな、でかいから……と越智はやれやれとそれを見送った。

二年が全員席を立ったのでテーブルには三年だけが残り、あいた席に高杉、朝松、猿渡、神野が移動してきて六人でかたまりになった。三村が一八九センチ。福蜂の鉄の双璧、高杉が一九〇センチで朝松が一八八センチ。スパイカーではない神野ですら一七六で、猿渡が一七二——の中で、越智は一六八センチ。高校生男子として決して低いわけではないのだが、この連中といるとどうも世の中の尺の感覚がおかしくなる。

しかし真っ黒に焼けた顔と白シャツのコントラストが目に眩しい野球部集団と比べたら、今ひとつ威圧感に欠けるのがバレー部集団の特徴と言える。コートの中では比類なきオーラと圧倒的存在感を放つ三村ですら、俊敏性と「上に跳ぶ」ことを前提条件とした筋肉しかついていないので、いかんせん細いのである。生白《なまじろ》いほっぺたをへこませてピンク色の紙パックをちゅうちゅうすすっている姿からは頼りなさすら漂っている。

飯食ったあとで半リットルのイチゴ牛乳って……ちょっとげっそりしつつ、越智のほうは油揚げが真っ赤に染まるくらいに七味を振りかけた。

「二年はまだ自分らの代が引っ張ってくっちゅう感じがでてこんなぁ。力はあるんやけどな」

「統がでかすぎるでな。おれらの代より下でバレーやってる奴は結局みんな統のファンやで」

「工兵には統からエース奪い取るくらいの気概が欲しいんやけどなぁ」

「あいつ女子とろくに喋れんくせに、統にかまって欲しいであんなこと言ってるんやって。女子マネなんかほんとに来たらあいつ右手と右足一緒にでるわ」

二年評、というか戸倉評で盛りあがる高杉たちに越智は適当に頷きつつ油揚げにかぶりつき、揚げから滲《し》みでる汁をすする。

三村統とチームメイトだったら、どんな気分なんだろう——中学時代にそんな想像を巡らせていたのは越智だけではない。戸倉の代や、その下の一年たちにとってはなおさらのこと、〝三村統〟はある種の伝説と化している。中学のバレー部でその伝説を見聞きした少年たちが、三村のプレーを間近で見たくて、三村とともにプレーしたくて、福蜂の門を叩いたのだ。

マネージャーになる気はないか、なんて、誰にも言いたくないよなあ。

三村に昔言われたことは本当で、実情として全国大会で毎年上位に残るようなチームに女子のマネージャーがいるところはほぼない。男子部員の中から誰かがマネージャーをやることになる。しかし自分みたいに都合よく故障する部員が毎年でるものでもないし——無論そんな部員はでないに越したことはない。福蜂に入《はい》ってくるからには多くが中学でも成績を残している。その有望な後輩たちの夢を摘《つ》むようなことはしたくない。

自分自身は夢を摘まれたんだろうか？

いや。と、今は迷わず首を振るだろう。

ときどきふと、今のほうが夢を見ているんじゃないかと思うことがある。二年前は遠い目で眺めていた場所に、思ってもいなかった形で加わっている。下級生のレギュラーも当たり前のように立場を立ててくれる。次期エースの戸倉を捕まえて、おれが嫌なら他の学校へ行け、なんて本来だったら言える立場ではない。

三村の前でみっともない泣きっ面を晒《さら》してマネージャーをやってみようと決めたときにだって、こんな形で部内での居場所を得るなんて予想していなかった。

誰でもいいわけやなかった、という畑の言葉が、時差を経て胸に沁《し》みてきた。

あのときマネージャーの話を断って、仮にリハビリを乗り越えて復帰したとして、選手としての自分は〝誰でもいい〟存在のままだったかもしれない。努力の方向性を見いだせず、三村がいる明るい場所を見あげて卑屈になっているだけだっただろう。コートの外から選手のために働き、選手とともに栄光のセンターコートを目指すこともできるのだと知ることはなかっただろう。

三村がいたから、越智はこの福蜂バレー部に唯一無二のポジションを手に入れたのだ。

*

男子バレー部至高の王様がデザートを召しあがり終えるまでみんなで待ち、午後の始業ぎりぎりにぞろぞろと学食をでてそれぞれの教室に散った。

午後一の授業は幸い三村と同じ選択だ。座席自由の授業なので越智は三村が座った最後列の席の隣を確保し、声を潜めて話しかけた。

「あれなんや、統。こないだの試合」

長さがあまる脚を机の下から前に投げだし、頬杖《ほおづえ》をついてシャーペンを器用にまわしながら三村が「なんやって、なんや」とちょっとどこか反抗期の中坊みたいな返事をした。

「まさか女子マネにサイン頼まれて舞いあがってたわけじゃねえやろ。やる気あるんけ」

「……それ、今せんとあかん話け」

「今せんとあかん理由をおれにいちいち説明させるんけ」

　昼休みの風景は先のとおりだし、部活後もたいてい部のみんなでつるんで帰るので、三村一人を捕まえる機会は実はなかなかないのである。三村もそんなことはわかっているはずだ。越智が怯《ひる》まずに睨んでいると不貞腐《ふてくさ》れた顔で目を逸《そ》らし、「くあ……」とあくびを噛み殺した。

　みんなの前では一応あわせようとしているのがわかったので言わないでおいたが、完全にダウナーモードだ。

　不調が結果に現れたわけではない。K校との練習試合では徹底的なマークに遭い、ブロックに掠《かす》られてひやっとする場面が多かった。それでもK校の力では三村をとめることはできないから、数字の上では三村のスパイク本数も決定率も下がってはいなかった。だが、ちゃんとやっているときの三村はブロックにさわらせることすらしないのだ。どのコースに網を張ろうがとめようがなく打ち抜かれる。相手チームは焦ったあげくパニックになっていく。味方にとってはこのうえなく頼もしい正統派ヒーローだが、敵からすれば攻略不能の反則技《チートキャラ》みたいな〝悪魔のバズーカ〟——それが三村統というスパイカーだ。

先般の練習試合の三村は「雑に打っていた」としか評しようがなかった。まさか北信越国体からさらに調子が下がっているとは思わず、正直驚いた。

十月に開催される国体に先駆けて、夏休み中の八月末にその予選となる北信越国体があった。県によって違うのだが福井県では国体は学校単位での出場ではなく、県内の有力高校生による選抜チームが編成される。言うまでもなく三村は毎年選抜チームの中心選手として招集される。チームの半数も福蜂の部員で占められる。

一年次から三年間、北信越国体で三村の調子がよかったことはない。一ヶ月前のインターハイにピークを持ってくるため、そこから下がり調子になってちょうど国体の頃に底を打つのだ。そこから春高県予選に向けて徐々にあげていくのがいつものバイオリズムなのだが——春高県予選のスタートが半月後に迫ったこの時期に、調子を戻してくるどころか今年に関しては未《いま》だ下がり続けている。例年ならあり得ないことだ。

「おまえが国体軽視してるんはしゃあないで、国体のことは今さら言わんけど……」

「軽視はしてえんって。調子乗らんだけや。福蜂で勝ったことにならんし」

「県を背負ってるんは同じやろ。おまえは県のエースでもあるんやぞ」

「県のエースっちゅうたかって……」

机についた肘《ひじ》を前に滑らせ、身体を二つに折るようにして突っ伏した。授業が終わるまで寝る気満々だな……。推薦で大学に行けるのは間違いない奴だが、バカでいいわけがないので越智は苦い顔でそれを見やる。

「インハイの会場で喋った奴の第一声、十中八九、福井ってどこ？　やぞ」

「そんなくだらんことで腐んなや。センターコートまで行ったら嫌でも有名んなるわ。ほんで福井ここにありっちゅうんをわからしてやればいいやろ。今日水野さん来るで、そんな覇気ねぇ面で受け応《こた》えするんやねえぞ」

「えらそーに尻ひっぱたく立場んなったなあ。男マネなんて笑われるーっつって泣いてた奴が」

　腕の隙間からもそっとした声で皮肉が聞こえた。越智が口をつぐむと、一瞬気まずい沈黙がおりる。

「……すまん。今のなし」

　机に唇をほとんどくっつけて、すぐに謝ってきた。

　越智は溜め息をついて厳しい口調をやわらげた。口煩《うるさ》いのは自分でもわかっているから鬱陶《うっとう》しがられても仕方ない。「……いいっちゅうの。おれには別になに言ったかってかまわん」

　いつものことだ。三村は越智の前ではこういうあきれるしかないような愚痴や嫌味もぽろっとこぼす。ただチームのみんなの前でマネージャーを雑に扱うような言動は決してしない。自分の振るまいがチーム全体を方向づけることを自覚しているからだ。

遠くから見ていたときはただの天真爛漫《てんしんらんまん》な人気者だと思っていた三村は、案外クレバーに集団の中での自分の印象や影響力というものを理解して、自覚的に外面《そとづら》をコントロールしている。近くで接する立場になってからそれを知るようになった。

「越智。春高のセンターコート、行きたいか?」

ふと三村が言った。オバケみたいに両手を机の向こう側に垂らしたまま、顔の片側を机につけてこっちを見あげていた。

「さっきも言ったやろ」

「ちゃんと言ってくれ。春高のセンターコートのマネージャーにしろって」

越智は眉をひそめて三村の顔を見おろした。なにしろ身長差二十一センチなので普段はこんな位置関係になることはない。机にくっついている左目は閉じられていて、眠そうなとろっとした右目だけがこっちに向けられている。

〝おれがおまえを春高のセンターコートのマネージャーにしてやる〟――二年前の夏の魅力的な誘いは、あのとき越智の前に立ちはだかっていた分かれ道を選び取る勇気を与えてくれたにすぎなかった。〝誰でもいい〟部員の一人から、思い切って新たな一歩を踏みだすきっかけをくれた。

もちろんチームとしてはすこしでも高みを目指したいが、越智個人としては、三村にはもうとっくの昔に望んだ以上のものを与えてもらったと思っている。

それでも、顔を引き締めて、越智は言う。

「ああ。おまえが夢持たしたんやでな。責任とって、おれを春高のセンターコートのマネージャーにしろや」

責任？――三村が越智に負う〝責任〟なんて、そんなものは一つもない。三村の肩にはすでにバカみたいに〝責任〟がのしかかっているのだ。県内で全国大会最多出場を誇る伝統ある強豪校の主将として。そのチームの核を三年間担い続ける絶対エースとして。ひいては小学生の頃から将来を期待される、県の学生バレー界のアイドル選手として。

その十分すぎるほど重い荷物を背負わされた、決してまだ頑強ではない双肩《そうけん》に、越智との約束という小さな荷物が上乗せされる。

ところが妙なことに三村は、

「よっしゃ」

と、嬉しそうに目を細くして笑うのだった。

4. RIVAL'S SHADOW

三村がバレーをはじめたのは小学校三年生のときだと聞いている。小柄ながら抜群の運動神経とムードメーカー的な性格が相まってすぐに小学生チームの中心になり、進英中のエースを経て、常勝・福蜂工業のエースで主将となった現在に至るまで、常に注目と期待をされてきた。

三村が自分の外面に自覚的なのは、十年間もそういう環境下でバレーをしてきたからなのだろう。ちやほやされている子どもがちょっとでも生意気な態度を見せれば、賞賛は簡単に反感や批判に変わる。三村統はみんなから愛される〝アイドル子役〟じゃなければいけなかった。

越智と比べたら百倍ネアカなのはたしかだが、三村の人懐っこさは半分くらいは演技なのだ。人に対する好悪は案外激しい。機嫌の起伏もある。テレビや新聞の記者が不用意な質問なんかを振ると、以降能面みたいな顔になって当たり障《さわ》りのないコメントに終始する。

ネット前でスパイク練習のボールだしを手伝いながら、越智は三村の取材の様子をちらちらと気にしていた。体育館の隅で三村とパンツスーツ姿の女性が向かいあっている。真剣な顔で頷いてはノートになにか書きとめている、彼女がフクロウテレビの水野という記者だ。女性にしても小柄なほうなので三村との身長差は頭二つぶんにもなり、水野が一生懸命顔をあげ、三村が屈《かが》み気味になって水野と目線をあわせようとしている様子が微笑《ほほえ》ましい。三村の顔に自然な笑みが見えたので心配なさそうだった。

練習に配慮して約束よりも短時間で切りあげてくれたときには、もう帰るのかと残念に思ったほどである。

三村と畑、越智が帰り際を見送った。

「畑先生、練習中にお時間をいただきありがとうございました。三村くん、頑張ってくださいね。選手権予選楽しみにしてますね」

女子の「頑張ってくださいね」には試合にでない越智でもテンションがあがる。女子マネがいるチームは日常的にこれを味わってるのか……と、自分の存在意義に真剣に悩まないでもない。

出入り口で水野が靴を履き替えて外にでてから、練習風景を撮影していた同行のカメラマンが汗を掻きながら駆けてきた。機材を片づける傍ら思いだしたように三村を見あげ、

「統くん。今年も福蜂が本命やとは思うけど、他に気になってるチームはある？」

「気になってるチームですか？」

と三村が首をかしげる。

「あ、知らん？　今年、清陰《せいいん》高校がおもっしぇえチーム作ってきてるんやけど」

「清陰っちゅうたら、秋大《あきたい》で準決辞退の？」

畑が仄《ほの》かに声色を険しくして口を挟んだが、カメラマンは気づいたふうもない。陽焼

けした顔を無邪気にくしゃっとさせた。

「ほーですほーです。春高予選にはでてきますよ。あ、畑先生は高体連のほうでご存知でしたかね。ほやけどこれ知ってますか？　セッターがまだ一年生なんですけど、東京の中学でベストシックスになった子ぉなんですよ」

「へえ……東京ですか」

「おっ、統くんもやっぱり気になるやろ？　福蜂も気ぃ引き締めんと、あぐらかいてたら番狂わせが起きるかもしれんよ。ずっと福蜂一強っちゅうんもおもっしょないしね」

はあっ⁉　と越智は心の中で声をあげて思わず足を踏みだしかけた。畑の大柄な身体の陰で思いとどまったが、本当に蹴りだしてやればよかった。当の福蜂のホームで、置き土産にしていくには無礼な発言だとちょっと考えればわかるだろう。

畑の陰から三村の顔色をひやひやして窺《うかが》う。水野に応対していたときの朗らかな表情から表面的には変わって見えなかったので、大丈夫だったか、と一瞬思ったが、

「そーですね。がんばります」

声から完全に愛嬌《あいきょう》が消えていた。短い返事にはなんの独創性も面白みもなかった。

「田中《たなか》さん、行きませんか？　どうしました？」

外から水野が呼んだ。カメラマンは自分が今、県マスコミのスポーツ枠の大切なネタの機嫌をショベルカーでざっくり抉《えぐ》り取るように切り崩したことになど気づかないまま

「はいよ、水野ちゃん」と身をひるがえして駆けていった。

「……あれはないんやないんですか、先生」

二人が去ってから越智はぶすっとして不満を漏らした。「もっとはっきり言ってやればよかったんと違うか」と三村にもつい非難がましく言ってしまう。「うちが負けたほうがおもろいんやったら取材なんか来んなっちゅうんじゃ」

塩でも撒《ま》きたいと思っているところに、

「東京のベストシックスってなんですか？」

と、戸倉がひょこっと頭を突きだしてきた。

「工兵ー。聞き耳立ててえんと練習集中しろっちゅうの」

「インターバルですって。っちゅうかもう帰ってもたんですか、水野さん」

だした頭を引っ込めつつ戸倉が体育館の中に顎をしゃくる。ＢＧＭにずっと聞こえていたかけ声とボールの音が一段落していた。三村も畑もそろそろ戻らないと練習にならない。

「清陰なあ……」

喉の奥で唸《うな》るように畑が呟き、越智に目配せをしてきた。

「やっぱり記者さんらのあいだでも話題になってるみたいやな」

「そーみたいですね……」

面白くない気分を引きずったまま越智は頷き、遠慮がちに三村に視線を送る。黙ってまだ外を見つめていた三村が細めた目を畑に向けた。「清陰っていったら、主将は今小《お》田《だ》ですよね。小田んとこがそんなよかった記憶はないですけど」冷え冷えとした声色からまだ完全には戻っていない。

「ほや。インターハイ予選まではな……それが秋大でひょこっとでてきたんや。越智に急いでビデオ手配してもらったんやけど、ちょっとしか撮れんかったで、正直まだようわからん。ようわからんっちゅうんが不気味なんやけどな。一年がエースとセッターを張っててな。ほーゆうとこは勢いがあるで勝ちあがってくるかもしれんし……なんでもないとこで負けるかもしれん」

どうも要領を得ない畑の言い方に戸倉が「つまり強いんですか？　弱いんですか？」と焦れったそうに口を挟んだ。「なんかあったんですか？」出入り口で話し込んでいるのを見て他の部員も訝《いぶか》しみ、集合したほうがいいのかと顔を見あわせている。

「東京のベストシックスっちゅうんは、灰島《はいじま》っちゅう一年や。東京の中学で関東大会のベスト4まで行ったこともあるチームのセッターをやってた選手や」ベスト4くらいで、と呟いた戸倉に先んじて畑が「東京っちゅうんはなあ、工兵」と続ける。「福井の十倍の数のチームがあると思え。そん中には全国から有望な選手を集めてくる私立もある。関東大会はさらにその上の大会や。北信越五県の何倍の競争率ん中でのベスト4か、ものすげえことやっちゅうイメージくらいはおまえの頭でもできるやろ」

「じゅ、十倍の、さらに何倍も、っすか……」

「ベストシックス獲《と》ったんは二年んときの都内の大会らしい。言うまでもないけど、バレーは一人じゃできん競技や。ほやけど灰島っちゅうんはな、一人で全部やってまうやないんかって思わされる……なんちゅうか、どっか気味悪い選手なんや」

いつもの手癖で顎の無精ひげを撫でつつ畑が不吉な物言いをし、

「統」

と、声をやわらげて呼んだ。

「おまえは福井が産んだ宝や。おまえが県外に行かんと残ってくれたことには感謝しかない。おまえを預かったことをおれは誇りに思ってる」

急にあらたまってそんなクサい言葉をかけられて、戸口に寄りかかって話を聞いていた三村がきょとんとした。三村の肩にまた一つ、荷物が載せられたのが越智には見えた。自分が褒められたわけでもないのに顔を輝かせて小鼻をうごめかす戸倉の単純さに苦い気持ちが滲《にじ》む。

「灰島はおまえより二つ下やけど……おそらく今の福井にいる、もう一人の天才や」

県内の学生バレー人口の減少は、女子はまだしも男子については少々深刻と言える。高校男子の公式大会の出場校数は近年二十校そこそこにとどまっており、これも一校ずつぽろり、ぽろりと減ってきている。

＊

同学年であれば他校のだいたいの部員と県大会で面識ができているし、練習試合の相手も限られるので近場の学校どうしはかなり親しくつきあっていたりする。

福蜂工業は県庁所在地でもある福井市の街中に校舎を構えている。七符《ななふ》清陰高校は福井市からしたら〝田舎〟の七符市にある学校だ。電車の所要時間だけなら三、四十分といったところだが、今まで両校に深い交流はなかった。去年まで、いや今年のインターハイ予選まで、福蜂にとって清陰は完全にマーク外のチームだったのだ。福蜂は毎大会まずシード権を持っているので、二回戦以降、予選グループ戦がある大会では決勝トーナメント以降の参戦になるが、その時点で清陰が勝ち残っていることがほとんどないのである。

――ところが。

テレビ画面の中で躍動する黒いユニフォームの集団は、越智の印象にあったチームとは別物になっていた。

レシーブがネット前に返らず、普通だったらレフトエースに高いトス《ハイセット》を託すしかない局面。セッターの8番が他の選手を押しのける勢いでボールの下に走り込む。レフトで待っているエースの7番にトスを託すかに見えたが、トスアップの瞬間8番が身体をひねってライト側にバックトスを放《ほう》った。いつの間にかそこに跳んでいた長身ミドルブロッカーの2番が速いスパイクを打ち込んだ。

試合終盤、相手チームも粘りを見せてボールに食らいつき、ラリーとなった末の一点である。この局面で速攻を使うとは、8番の剛胆な判断に舌を巻く。相手チームにとっては繋ぎとめていた精神力を鈍器で叩き壊されるような、痛烈な一点になったであろうことは想像に難くない。流れを失い、最後は8番のサーブをレシーバーが〝お見合い〟した。サービスエースがコートに突き刺さるとともに、清陰に勝利の二十五点目が刻まれた。

「……こんなチームがどっから急にでてきたんです?」

誰かが漏らした呟きは、その場の全員に共通した感想だった。

一ヶ月前にあった秋季大会の三回戦、清陰がセットカウント2－0でストレート勝ちした試合のビデオだ。例年八月の頭――今年は八月一日から三日に行われた秋季大会は、福蜂にとっては七割程度の力で臨む大会になる。インターハイの本戦と毎年日程が思いっきり繋がっているのだ。遠征から帰陣した直後の福蜂としては全力を投入できないし、あくまで県内の単発の大会だ。福蜂が次に見据えるのは、個人では国体になる者もいるが、本命は春高しかない。

自然と前のめりになってテレビに見入っていた部員たちの背後から畑がリモコンでビデオを一時停止にした。

「この清陰、みんなも知ってのとおり、ここまで勝ちあがっといて準決にはでてえん。学校から辞退の申し入れがあった。春高もどうなるんかと思ってたんやけど、水曜の監督会議と抽選会にはちゃんと顧問の先生が来られた」

エンドライン後方の二階席から遠目に撮った映像だが、長身選手が揃ったチームであることが見て取れた。強豪校としての吸引力があるわけでもない学校の、同時期の三学年の中に、これだけのタレントが突然揃えば「どっから急にでてきた」とも言いたくなる。レギュラーの平均身長が往々にしてそのままチームの力に直結するのがバレーボールのシビアなところだ。

土曜日の午前、練習開始より三十分早く二、三年の主要メンバーのみ視聴覚室に集まっていた。視聴覚室は階段状に長机が並んだ教室で、正面の教壇にプロジェクターのスクリーンと大型テレビを備えている。福蜂の校舎自体は悲しいほどに古いのだが、運動部の強豪校として一部の設備には投資がされている。

越智は教壇の隅でDVDデッキの番をしつつ、薄暗くした教室にいる一人一人の表情を観察していた。最前列には三村が一人で陣取り、今日も五〇〇ミリリットルのイチゴ牛乳をお供に一時停止になったテレビ画面を見つめている。

三村の表情からなにかを読み取ることは諦め、手もとの資料に目を落とす。テレビから漏れる白い光がコピー用紙を照らしている。秋季大会時点での清陰のチームプロフィールだ。

「レフトは1番の小田と7番の黒羽《くろば》。小田が主将で……一六三ですけど、黒羽は一年でもう一八四あります。ライトが4番の棺野《かんの》、二年で一八一。ミドルブロッカーが2番と10番で、一九三と一八七……」

「10番、誰や⁉」

2番の飛び抜けた高身長よりも10番のほうにどよめきが起きた。

「2番の青木《あおき》はみんな印象にはあるやろな。今年は副主将や。大隈《おおくま》……10番の二年は、おれも初めて見ます、先生」

これもまたどっから急にでてきたんだという感じである。一八七もある奴が大会会場でうろうろしていたら目立たないはずがないので、今までの大会にはでていなかったということだ。

「そんで決勝点のサービスエース決めた8番が、例の東京のベストシックスっちゅうセッターですね」

あのサービスエース——お見合いした二人のミスというには酷《こく》かもしれない。ネットすれすれの低い軌道で、反り返ったひと振りの日本刀のように鋭く突き刺さるジャンプサーブ。レシーバーからしたら実際の数割増しの球速で迫ってくるように見えるだろう。

「あのジャンプサーブを持ってるんに加えて、一八一センチある長身セッターです。一年の灰島……下の名前読めませんけど」

同じポジションを務める二年の掛川が小さく唸った。掛川だって一七五センチあり、高校のセッターとしては十分に大きいのである。

「疑問なんですけど……なんでこいつ、うちにえんのですか？」

矢野目が挙手して発言した。隣の掛川が居心地悪そうにしたものの、誰の頭にも浮かんで当然の疑問だ。

「先生、県中《けんちゅう》は毎年見に行ってますよね？」

「ほや。ただな、去年の県中、灰島がいた紋代中《もんしろ》はノーマークんとこから準決まであがってきたチームなんや」

部員たちの頭を見下ろす後方の席から畑が答えた。ノーマークから準決勝まで——秋季大会の清陰と同じだ。関連があるわけでもないだろうが、なにかみんなの顔に薄ら寒いものが走った。

「準決で初めて見て、おれも灰島のことは気になった。ほやで知りあいの中学の先生に頼んで、一つ前の二回戦のビデオも手に入れたんやけど……それ見て迷って、紋代中の先生には結局コンタクトせんかった。統が三年んなるときのチームに、この選手の嵌め方がわからんかった、っちゅうんが正直なとこや。それが無名校に流れて、他んとこでこんなチームが完成するとは思わんかったけどな」

自分の名前を挙げられた三村がぴくりとし、肩越しに畑を振り返った。畑は三村の反応に気づかず、腕組みをして顎をしごいている。

「統と同じチームでやらしてみたらどうなったんか、見てみたかったっちゅうんも、今はある。今年の国体選抜に呼ぶには実績が足りんかったんがもったないとこや」

「それっておれたちじゃ足りんっちゅうことですか、先生⁉」

戸倉が突然立ちあがり、声を荒らげて畑に噛みついた。

「おれたちやなくて清陰の連中が統先輩とチームんなってたら、もっと強なってたかもしれんっちゅうことですか⁉　おれたちじゃ全国に通用せんって先生は思てるっちゅうことですか⁉　おれたち中学でもそれぞれ実績あって福蜂に入ってきてます。たまたま今年面子が揃ったっちゅうだけの、ぽっと出の連中とはちゃいますよっ」

「いや、ほういうことやなくてな……」

「そーゆうことやと思われてるんやろ、実際マスコミの人らには」

慌てて言いなおそうとした畑の声に三村の声がかぶさった。

戸倉が大げさに反応したのはもちろん、全員が即座に三村のほうを見た。三村は顔を前に戻して再びテレビ画面に見入っていた。頬杖に顎を乗せ、口の先でストローを噛みながら若干不明瞭な喋り方で、

「ここ八年、うち以外のどこも全国に行ってえんのやで、他んとこに行かしてみたらぽろっと上まで勝ちあがるんやないんかって思われてもしゃあないよな」

「統先輩……⁉」

戸倉が愕然とする。他の連中もさすがに物言いたげな顔を見あわせる。話の流れが妙なことになってきた……見かねて越智は「まあ座れ、工兵」と教壇からフォローを入れた。「前振りがある話なんや。おとついテレビ局の人が統につまらんこと言って帰ってな」

納得しがたい顔のまま戸倉がどすんと尻をぶつけるようにして着席した。

「すまんかった、すまんかった。今のはおれのせいや」

畑が野太い声を無理に明るくし、天井から沈んできた重い空気を撥《は》ねあげるようにばんばんと机を二度叩いた。

「マークはしておくが、必要以上に警戒することはないやろ。他のチームに対するんと同じや。伝統にかけて今年も春高に行くんは当然うちやし、そのための努力も怠らん。

九時から練習はじめるぞ。二年は一年手伝ってネット張り行け」

「はい」

掛川、矢野目が戸倉を促して立ちあがる。渋々席を離れながら戸倉が涙ぐんだ目を三村の背に投げていった。

戸倉は三村の口からフォローして欲しかったのだろう。しかし三村はどこか心ここにあらずといった感でテレビに顔を向けたままだった。ストローの先をくたくたに嚙み潰していることにも気づいていないようだ。

三村がこんな空気を作ることなど普段であればあり得ない。まさか本気で気にはしていないだろうと思っていたが、あのカメラマンの無神経な置き土産が三村の中にいらない引っ搔き傷を作ったのではないかと思うと、忌々《いまいま》しくて仕方がなかった。

テレビの真ん前に陣取っている三村の顔に白い光があたっている。頰杖をついてくったりと脱力しているが、目つきだけは前のめりにビデオに吸いつけられているように見えた。

ビデオは清陰チームがコート中央に集まって勝利をよろこびあっている画で静止していた。サービスエースを決めた8番、灰島が一人遅れてサービスゾーンからコートに歩いていこうとしている。黒いユニフォームの背に染め抜かれた〝8〟の文字が、三村になにかを見せつけるように画面の一番手前に映っていた。

5. SCOUTING

翌週の火曜のことである。放課後、掃除時間が終わるのを待たずに練習着に着替えた部員たちが体育館に集まってくる中、戸倉が体調不良で休みたいという旨を一年の部員が言づかってきた。

「腹下したぁ？　なんかにあたったんか」

「さ、さあ」

大会前のこの大事な時期に体力を落とされては困る。あとでメールしておこうと思っていると、通りかかった猿渡が「工兵？　あいつ掃除んときパンがつがつ食ってんの見たぞ。部活の腹ごしらえなんやと思ってたけど」と言ってきた。

「なんやってか？」

思わず越智が目を剝《む》くと猿渡がたじろいだ。

「捜してくるけ？」

「いや……おれが行くでいいわ。先生に言っといてくれるか。準備の続き頼むわ」

「あっ越智先輩！　統先輩にはどーします？」

外履きを突っかけて走りだそうとしたとき一年の声が追いかけてきた。自分が行くより三村に捜しに行ってもらったほうがいいんじゃないかとも思ったが、こんな用事にエースを使うわけにいかない。

「統には余計なこと伝えんでいい。工兵は病欠。おれはちょっと用あってでてくるってことにしといてくれ」

心当たり、というほどではないが、ピンと来たことがあった。

校舎裏とグラウンドに挟まれた小道をジャージ姿やユニフォーム姿の運動部員がわらわらと走っていく。その先に波トタンの屋根をかぶった自転車置き場が見えてくる。粗大ゴミ置き場同然に雑然と停《と》められた自転車群の隙間から戸倉が愛車を引っこ抜いていた。戸倉のほうから越智の姿を見つけ、「げぇっ」とわかりやすいリアクションをした。

「腹下したわりには元気そうやな?」

越智は自転車の正面にまわって籠《かご》を摑んだ。

「大会前に体調管理できんようじゃ、統の対角は任せられんなあ。そろそろ一年をスタメンで使ってみるかって先生も言ってたしな」

籠の上に身を乗りだして声にドスをきかせる。そんなあ、と戸倉が眉を八の字にして情けない顔になり、

「せ……清陰の練習、見に行こうと思ったんです……」

うなだれて正直に吐いた。

「来週末には大会や。清陰を直接見たいんやったらそんときに見れるやろ」

来週の土日、九月二十七日と二十八日にある予選では、二十二校の出場校が十一校ずつの二つの枝に分かれてトーナメント戦を行い、最後の二校までふるい落とされる。その二校によって十一月に代表決定戦が行われ、東京に送り込まれる代表校が決定するという流れだ。

第一シードが確定している福蜂はトーナメントの抽選には参加しない。組みあわせは清陰のくじ運次第ということだが、運良くというのか、清陰は福蜂がいない側の枝を引きあてていた。つまり予選で両校があたることはない。両校が一度も負けずにそれぞれの枝の頂点まで勝ちあがった場合にのみ、十一月にやっと対戦することになる。

「あたるかどうかもわからんチームなんか気にするより、今は他にやることあるやろ。予選で足もと掬《すく》われたら目もあてられんぞ」

「そ、そーなんですけど……」

肩を落としてもごもご言う戸倉に越智は溜め息をつき、

「おれも行くわ」

さほど迷う時間をおかずに言うと、戸倉が「へっ？」と目をあげた。

「予選で隣のコートばっかり気にされても困るしな。今のうちに見て納得したら、目の前のことに集中できるな？」

＊

なにしろ本数が多くないので七符方面の電車を待たねばならなかったうえ、七符駅から清陰高校までの道のりが徒歩二十分。なるべく急いで来たがバレー部の活動時間はもう後半だろう。

西陽《にしび》に晒された山の斜面に清陰高校が校舎を構えていた。自転車で軽快に坂を滑りおりて下校していく清陰生たちとすれ違いながら越智と戸倉は坂を上った。真夏に比べたら夕方には陽射しの攻撃力が弱まる時期だが、前傾姿勢になっていると地面から顔面にむわっとした熱が迫《せ》りあがってくる。

しかしながら陽射しとか温度とかいうもの以上に、二人が痛いほど肌で感じていることがあった。

「くっ……清陰って女子多いっすね……。チャラチャラしやがって、学生やったら勉強優先しろっちゅーんじゃ」

校舎にたどり着くまでに何組もの男女連れや女子ばかりのグループとすれ違い、戸倉が呪わしげな声で言った。とはいえ小声だが。

「うちより偏差値ずっと高い進学校やぞ」

半眼で突っ込む越智も小声である。

まあ羨むべきは男女比と偏差値の二点くらいで（それだけでも決定的な違いだが）、いずれにしろ公立校どうしだ。福蜂に比べて校舎が立派というわけでもないし、制服は男女ともシンプルな黒のブレザーで、特に小洒落《こじゃれ》てもいない。福蜂は学ランだが今は夏服なので、ぱっと見た違いはネクタイの有無くらいだろう。

戸倉は制服だが越智はTシャツにジャージのままで来ている。不揃いな恰好《かっこう》の他校の二人連れに清陰生たちが不思議そうな目を向けていく。

「すいません、男バレが練習してるとこってどこかわかりますか？」

でかい図体して内弁慶な戸倉のかわりに越智が手近な清陰生を捕まえて尋ねた。越智とて昔は相当の人見知りだったが、学内での折衝《せっしょう》や他校のバレー部関係者との交流を避けては通れない立場上、強制的にずいぶん改善された。マネージャーになって案外これが一番普遍的に役に立つ成長かもしれない。

「男バレなんてうちにあったか？」

「ないこともないんでないんか？」

二人連れの清陰生が顔を見あわせてどうにもふわっとしたやりとりを交わし、

「体育館か外コートのどっちかやと思うけどぉ……そっちの昇降口の左手まわり込んで

え、林ん中抜けたとこに部室棟が見えるんでぇ、右行くと体育館でぇー、外コートやったら左行ってー、第一グラウンドと第二グラウンドの横の坂ずーっと登ってってください」

指をさして教えてくれた。

「中学の体育やあるまいし、外コートですか？」

と戸倉が耳打ちしてきた。

「まあ行ってみよっせ。おれは体育館見てくるで、おまえは外コートっちゅうんがあるほう行ってみろや」

練習場所がわかったらメールすることにして、戸倉とそこで別行動にした。

体育館では真ん中に引かれた仕切りネットを挟んで二つの部が練習していた。手前の半面は女子バレー部で、ステージがある奥の半面にはバドミントン部の姿が見える。バドと同居だと窓を閉め切ることになるので体育館がサウナ状態になるのはどこの学校でも同じのようだ。部員たちの身体から立ちのぼる湯気で空気が歪《ゆが》んで見えるくらいだった。戸口に立っただけで額に汗が滲んでくる。

そんな中、戸口付近にいた長袖長ズボンのジャージ姿の部員に男子バレー部の練習場

所を尋ねると、

「男バレやったら今日は外の日ですよ。あ、ほやけどもうちょっとしたら引きあげてくると思います。バドが六時で終わってからあっち側使わせてもらえることになってるんで」

壁の時計に目をやってその部員が答えた。鉄の防護柵の向こうで時計の針が五時四十分を指している。

「六時まで？　早いっすね……。毎日は体育館使えんのですか」

偵察……とかではないのだが、つい探りを入れる質問をしてしまう。福蜂バレー部は授業終了後の三時半から（曜日によって授業が長い日もあるが）七時半まで毎日体育館を使用でき、場合によっては延長もする。

「バレーは男子も女子も大会近いんで、今だけ他の部が撤収してから七時半まで使えるようにしてもらってるんです。普通は六時撤収が原則なんですけど」

「春高予選っすね。二十七日」

すかさず越智が言うと、誰だろう、という顔で小首をかしげられた。今さらながらこいつは誰だろうと越智のほうも思った。ぎりぎり一八〇は超えているだろうか、手足の長いひょろっとした長身があきらかにバレー選手の特徴を有する——男である。が、目の前で練習しているのは女バレだ。

「あの、女バレのマネージャーさんですか」

不躾《ぶしつけ》な質問を続けてしまったがその男子部員は気を悪くした様子はなく、性格のおとなしそうな、しかし芯の強さを感じさせる笑みを浮かべて答えた。

「いや、おれは男バレの部員です。おれは今案内できんのですけど、外コート行ってみるんやったら教えますよ」

——二年の棺野だ。

と、越智の中で顔と名前が一致したのは、礼を言って体育館を離れてからだった（一コ下じゃないか。敬語使わなくてもよかった）。

部活の撤収時間が原則六時とは。とりわけ部活動に力を入れているわけでもない学校ならそんなものなのだろうか？　六時までの練習時間で、毎日は体育館を使えなくて……言い方は悪いが片手間で部活やってるような学校を意識している自分たちはなんなんだろう。なんだかバカにされているような気がどうしてもして、もやもやする。

自転車置き場とグラウンドのあいだに土の坂道が延びていた。二つあるグラウンドのさらに上に屋外コートがあるとのことだ。なんて坂の多い学校だ……駅から校舎に着くまでにたっぷり上らされてきたのに、まだ上るはめになるのかよ……。福蜂は街中の平地にあるので、校内にこんなに高低差があるというのが越智にはけっこうな驚きだ。

それにしても戸倉はなにをやってるのか。外コートで練習しているのを見つけたらメールをよこしてくるはずだが。

携帯になにか来ていないか確認しようとしたとき、すいませーんという声が坂の上から降ってきた。

「すいませーん！　とめてくださーい！」

携帯から顔をあげると目の前にボール籠が迫っていた。

「おわっ」

危うくよけた越智のつま先を踏み潰さんばかりのところをボール籠がごろごろと滑りおりていった。それを追って走りおりてきた運動着姿の男が籠の縁に飛びつき、重さに数歩引っ張られながらもブレーキをかけた。砂埃《すなぼこり》がもうっと舞いあがった。

「けほっ……な、なんや……？」

砂で汚れたバレーボールが積みあがった、体育の授業で使うようなスチール網のボール籠だ。籠を摑んでいる男もさっきの棺野と同じくバレー部らしい長身だが、中坊に毛が生えたくらいの顔つきを見るとおそらく一年だろう。

清陰の部員はわずか八名。そのうち一年は二名。セッター灰島か、レフトエースの黒羽か……どっちだ？

話しかける隙がないまま、その一年は慌ただしく「ありがとうございましたー！」と籠を押して全力で坂を駆けあがっていった。

「元気な奴やな……」よけただけなので礼を言われてもな。

ぼさっと突っ立っている場合ではなかった。坂の上から戸倉の怒鳴るような声が聞こえたのだ。「あんの阿呆、なにをっ……？」すぐに今の一年を追って越智も走りだした。

戸倉がガタイのいい男を相手に今にも摑みあいになりそうな雰囲気でなにか言いあっていた。一年がボール籠を支えたまま「大隈先輩、やばいですってっ」とおろおろしている。大隈といえば、みんなが「誰や⁉」と驚いた二年のミドルブロッカーだ。高校生のバレー選手にしては珍しく身体つきががっしりしているのがビデオでも見て取れていた。

「工兵！　なにやってんじゃ！」

あっという間に息があがっていたが、それでも全力で駆けあがりながら怒鳴ったとき、戸倉が大隈に向かって拳を振るった。

がっ、と濁った音がして、大隈が道の脇の藪《やぶ》に尻から突っ込んだ。

「なっ……」

目の前で起こったことが信じられなかった。

一年が慌ててボール籠を藪に突っ込み「先輩！」と大隈を助け起こしにかかる。越智もはっとし、赤らんだ顔で立ち尽くしている戸倉の胴に抱きつくようにして割って入った。

「工兵ッ‼」半ば悲鳴に近い、割れた声がでた。「おまえっ」

「お、越智先輩……こ、こいつが、こそこそ偵察に来るなんて福蜂もたいしたことねえっちゅうこと言うでっ……」

戸倉自身も茫然自失《ぼうぜんじしつ》していたが、大隈を指さしてあらためて怒りを露《あら》わにした。

藪から引っこ抜かれた大隈が「痛《い》てて」と頬を押さえながら立ちあがった。「人んとこのテリトリーに忍び込んできといて、福蜂っちゅうんは無礼な連中やな。たいしたことねえとは言ってねえぞ。こそこそ偵察に来るなんて、福蜂も地に墜《お》ちたなあっちゅうたんじゃ」外見の印象どおりの粗野で横柄《おうへい》な物言いをする。「もー、煽《あお》ってどーすんですか！」と一年が大隈の背中をぐいぐい引っ張る。

戸倉の軽率さには歯軋《はぎし》りしたい思いだった。だが、この言い草には戸倉ならずともかちんときた。福蜂の誇りを背負う者として聞き捨てられることではない。

戸倉を押しとどめつつ大隈に向きなおり、

「無礼なんはそっちやないんか」

「あぁ？　そっちはなんや」

「三年の越智。福蜂のマネージャーや」

「マネージャー？　って男バレのけ？　男が男のマネージャーなんかやってて楽しいんけ」

自分の眉がぴくんと跳ねたのがはっきりわかった。「おまえっ、バカにするんもたいがいにしろやっ」後ろで怒りを膨らませる戸倉を制する手が震えた。戸倉のシャツごと思わず拳を握ったとき、

「ま、そのへんにしとけや」

と、冷静な声が割って入った。

坂のさらに上に新たな人物が現れていた。藪の隙間から射すオレンジ色の斜陽を逆光に背負い、道の真ん中に唐突に一本の木が生えたかのように佇《たたず》むひょろ長い影。

「……青木？」

清陰の副主将の顔を認め、越智はその名を呼んだ。

同学年でもあるので一応面識のある清陰バレー部員だ。清陰の中で最長身の一九三センチ。坂の上にいるために余計に天を突くほどの長身に見える。

「誰かと思ったら、おまえやったんか、越智」

青木からも越智を認識して言った。背は高いが大隈と違って厳《いか》つい雰囲気はなく、理性的でもの柔らかな人物だという印象を越智は持っている。

青木は携帯電話のカメラをこちらに向けていた。画面を確認してなにか操作をし、

「おまえんとこの粗忽《そこつ》モンがうちのに手ぇだすとこから、ちょーどよく入ってんなあ」

「どういう……ろ、録画け⁉　なんでそんなもんを……⁉」

「福蜂の部員が他校に乗り込んできて暴力沙汰起こしたっちゅう、立派な証拠映像になるやろな」

やっと冷静に話ができる部員と会えたと思ったら——現れたのはこの場を丸く収める仲裁役などではなかった。後ろで戸倉が息を呑み、小刻みに震えだした。

理性的でもの柔らかな印象？——誰がだ⁉

「あっ……悪辣《あくらつ》や！　けしかけてきたんはそっちの部員やぞ！」

「うちんたな弱小校にちょっと言い腐されたくらいで県ナンバーワンが怒らんでもいいやろが」大隈が青木に便乗して調子づく。越智は歯軋りして大隈を睨みつけ、

「そっちが礼儀をわきまえんでじゃ。どこに話したかってそんな話が通るわけが……」

視界の端に入ったものに、続く言葉を失った。

ギシッという音が聞こえてきそうな動きで首をまわすと、坂のすこし下に自転車が停まっていた。見覚えのある——どころか、三年間で数え切れないほど登下校をともにした、馴染《なじ》みのありすぎる自転車が。前の籠に「福蜂工業」と硬派な書体でプリントされたエナメルバッグが縦に突っ込まれている。

「すば……る……なんで……」

ペダルから片足をおろして自転車を支えた三村が息をはずませていた。練習を抜けてきたに違いなく、汗だくのTシャツ姿だ。浅く繰り返していた呼吸を深く吸ったところ

でいったんとめてから、ぜー、と上半身いっぱいを使って吐くとともに、バッグに腕を預けて突っ伏した。

「きっつー……坂で死んだ」

坂道うんぬん以前に福蜂からここまで自転車を飛ばしてきたことが考えられない。次の電車を待っていたのではとうてい追いつけないとはいえ、全力で飛ばして一時間かかるはずだ。

「……なにやってんじゃ、おまえがいながら……」

ぼやくように言った三村の指が、バッグの上でぴくりと動いた。わずかに腕から顔をあげ、突っ立っている越智や戸倉を素通りしてもっと先へと上目遣いの視線をやった。坂の上から残りの部員がぞろぞろと、といっても三、四人だが、おりてくるのが見えた。坂の途中で行きどまりを作っている越智たち五人と自転車の三村に気づき、先頭の背の低い人物が足をとめた。

口を差し挟みあぐねてうろたえているだけだった例の一年がいきなりでかい声で「違います！　今回はおれじゃないです！」と叫んだ。

清陰の部員は屋外コートを片づけて五月雨《さみだれ》式に体育館に引きあげてくるところだった

ようだ。坂の下の平坦な場所までとりあえず全員で移動し、両校それぞれの主張を交えつつ主将二人に経緯が説明された。

清陰の主将、小田はたった一六三センチのウイングスパイカーだ。同じポジションながら一八九センチの三村と向かいあうと滑稽《こっけい》に見えるほどの身長差がある。

この時点で越智は福蜂にとって致命的な事態が起きているとは思っていなかった。清陰の無礼さが事の発端だったのは間違いないからだ。おまけに動画を撮って脅すとか……高校生が考えることか？　仮に清陰が動画を学校や高体連など然《しか》るべき場所に提出したとして、清陰のあくどい手口のほうが逆に問題になるはずだ。

だから三村が、

「すまんっ」

と長身を折って小田に頭を下げたことが、驚きだったと同時に受け入れがたかった。

「ここだけの話にしてもらうわけにいかんか。うちが不祥事起こすわけには絶対にいかんのや。うちの部員が軽率やったんは重々詫《わ》びる。ほやでここはおれの顔に免じて、頼めんか、小田」

「統、やめろやっ……」

越智は小声で囁《ささや》いて三村の腕を引いた。

福蜂は県の王者だ。傲《おご》りで言っているのではなく、客観的に見ても他のどの学校より県の高校バレーに貢献してきたのであり、関係者の信用度だって違う。それを最低限の敬意もなく出会い頭に侮辱してきたのは清陰のほうだ。

今年たまたま目立ってるだけの、礼儀も知らない連中に福蜂の主将が頭を下げることなんてない。情けないとすら思った。まるで無条件降伏じゃないか。

「当事者はおれと工兵や。謝るんやったらおれたちが」

「黙ってろ。おまえらが頭下げたかってしゃあないんじゃ。おれがやらなあかんことじゃ」

姿勢を揺るがせずに三村がぴしゃりと言い切った。普段ふわっとしている三村の重い、迫力のある声が身体を貫き、背骨にまでずしんと響いた。

「頼む、小田。こんなくだらんことで出場停止んなったらうちの恥や。福蜂の歴史をおれんとこでこんな形で途切れさしたら、先輩たちに顔向けできんことになる」

頭をつけこそしていなかったが、越智にしてみれば土下座も同然だった。清陰の主将の情けにすがるしかないほどの状況なのかと——ようやく自分たちがしでかしたことの重大さに気づき、慄然《りつぜん》とした。

崖っぷちに立たされているのは、一方的に福蜂だけなのだ。たとえ清陰の手口が問題にされようが、言ってしまえば一代限りのこと。

失うものの大きさが、天と地ほど違う。

「あのっ……す、すいませんでした！」戸倉が横から飛びだしてきて、くずおれるように小田の前に膝をついた。「悪いんはおれ一人なんです！　おれが退部すれば済むことやったら、それでっ……」

「ちょ、ちょっと待ってくれや。そんなえらい話してるつもりはないって。頼むで立ってくれ。こっちの体裁が悪いわ」

靴に額を擦《こす》りつけそうな戸倉の勢いに小田が辟易《へきえき》したように足を引いた。戸倉の腕を取って立たせながら三村に向かっても、

「三村、おれも大事《おおごと》にする気はない。うちとしても問題になるんは損なだけや。うちのほうがしょーもないこと言ったようで、すまんかった。——大隈ッ」

声を厳しくして小田が大隈を呼びつけた。

「おれだけ殴られたんじゃわりにあわんぞ」

大隈が不満を呈したが、

「どっちもどっちじゃ！　黒羽の次はおまえかと、ぞっとしたわ！」

小柄な身体からドスのきいた怒声が爆発した。下手したら見た目で倍ほども体格が違う小田の一喝に大隈が怯み、

「すんませんでしたー福蜂さんー」

と不貞腐れた謝り方をした。

「青木」と、次に小田が同学年の副主将に目を向けると、青木が飄然《ひょうぜん》とした感じで肩を竦《すく》めた。「悪い冗談はたいがいにして、今消しとけや」

冗談？　まさかあの脅しが？　だとしても……趣味が悪すぎる。

青木が溜め息をついて携帯の画面をこっちに向けた。いくつか並んだサムネイルの最後に戸倉と大隈の姿が映った動画がたしかに入っていた。本当に証拠を押さえられていたことにあらためて寒気がした。青木はその場にいる者にはっきり見えるように動画を削除した。

結局小田以外の者はさして申し訳なさそうでもない。憤りは収まらなかったが、三村の立場を思うと越智もそれ以上の抗議はこらえた。

三村もやっと頭をあげた。三村の目線が再び小田より高い位置に落ち着いたことが、福蜂が窮地から脱した証明になった。

小田も自分の部員に対する怒気を収め、精悍《せいかん》な顔に笑みを浮かべた。

「うちの練習わざわざ見に来たんやってか？　福蜂にマークしてもらえるとは、光栄やわ」

無駄なトラブルを経て本来の目的に立ち返った感じである。それにしても大隈と内容自体は同じことを言っているのだが、小田の口から聞くと嫌味がない。

「今からやと一時間くらいやけど、ほんでよければ見てってくれや」

「いや、練習は見んでいいわ」

三村のあっさりした返しに小田が意外そうに口をつぐんだ。越智と戸倉もそれぞれに言いたいことを抱えて三村を見た。せっかく来たのに、という気になるのも当然だろう。

さっきまで深刻な顔で平身低頭していたとは思えないほど三村はいつもの三村の顔に戻っており、

「今日はケチもついたし、こいつらの首根っこ摑んで帰るわ。そのかわりってのもなんやけど、練習試合やらんか？」

と、この状況の直後にある意味調子よく申し入れたのだった。

このしたたかさが三村だ。越智が見たかった本来の三村が見られて、やっと若干溜《りゅう》飲《いん》が下がった思いがした。

清陰の情報がないに等しいせいで無用に不気味に感じられるのだ。対して常に公式戦で勝ち続けている福蜂は丸裸にされているも同然だ。福蜂のビデオなどそれこそ道端の石ころ並みに県内に転がっている。

男気があって部員からも一目置かれている様子の小田が即断しない理由はないだろうと思った。しかし意外にも小田は即断を避け、後ろを振り返って「どや？　こっちから頼みたいくらいやったし、おれは胸を借りたいと思うが……」と、それまでひと言も喋っていなかったとある部員に意見を求めた。

これが——灰島、だ。

ビデオでは遠目でしか顔を認識できていなかったのに、何故《なぜ》かすぐにわかった。

三村のように顔立ちがはっきりしているわけではない。細面《ほそおもて》に細い目をしていて、むしろ目立たない薄い顔だ。バレー選手らしいすらりとした長身で、ビデオではかけていなかったはずだが細いフレームの眼鏡《めがね》をかけていた。一見してスポーツをやっている雰囲気はなく、練習着を着てここにまじっていなければ運動部員だとは思わないかもしれない。

なのに、佇まいにふっと目を引かれる。そこだけ薄い緊張感を纏っているような、三村と方向性はまったく違うが、まわりの空気を自分の色の空気に変えるようななにかがある。

ああ、こいつも〝特別な奴〟なんだ——。

〝今の福井にいる、もう一人の天才〟

畑をしてそう言わしめた、東京の中学のベストシックスが、福井の絶対エースを値踏みするかのように三村にその細い目を向けた。発せられた第一声は地元の訛《なま》りのない標準語だった。

「いいんじゃないですか、出し惜しみしなくても。そっちはうちが気になってしょうがないみたいですし」

6. CHARGE THE ENERGY

春高予選を一週間後に控えた九月二十日の土曜日の午後、清陰を福蜂に招いての練習試合が組まれた。実績でいえば清陰が代表決定戦まで勝ち残ってくる可能性はほとんどない。そんなチームを気にかけるなど福蜂としては〝おとなげない〟とも言えた。

しかし当日、福蜂バレー部はおとなげなさを臆面《おくめん》もなく発揮し、たった八名の弱小チームを初《しょ》っ端《ぱな》から全力で威圧する気満々で出迎えた。

「っしゃーっす‼」

清陰が体育館の入り口に現れるなり、チームジャージに身を包んだ三倍の数の長身の部員がずらりと整列して声を揃えた。不揃いにひょこひょこと体育館を覗《のぞ》いた清陰の面々を多少なりぎょっとさせた。

日中の残暑は未だ厳しい。めいめい大荷物を担いで汗を掻きながら七符市からやってきた部員たちを主将の小田が「整列！」と入り口に並ばせた。

「今日はお世話になります。よろしくお願いします！」

「しゃっす！」

小田の号令でこちらも声を揃える。短く歯切れがいい。

一番最後にひょっこりと現れた老人に畑が「先生、わざわざありがとうございます」と自ら駆け寄っていった。

「あ〜、どうもどうも。さすが強そうやの。今日は揉《も》んでやってくれや」

「こちらこそ今日はご指導いただければ幸いです。おーい、椅子！」

「あっ、はい」

越智はパイプ椅子を一つ抱えて走り、バスケットゴールの下に設置した。

今にも真ん中からぽっきり折れるんじゃないかという痩せたじいさんが清陰の顧問だ。畑が敬意を払っているのは何故かというと、越智もさっき聞いたばかりなのだが、かつては学生バレー界の名指導者と言われた人物なのだそうだ。

「どっこいしょ、っと。あ〜、こん歳《とし》になると遠出はきついわ。小田ぁ、ほんならあとはよろしく」

椅子に腰を据えるなり老人は小田にちょいちょいと手振りをし、半眼でうつらうつらしはじめた。……あくまで〝かつては〟の話だ。

今回のケースであれば練習試合を申し入れた福蜂から清陰に出向くのが筋なのだが、清陰は小田の代になってから他校を招いての練習試合を一度もしていないらしい。だったらコートが押さえられてノウハウと人手もある福蜂でやるのが手っ取り早いということになった。

「いったん外でて渡り廊下渡ったとこが更衣室や。荷物はそっち置けるようにしてあるで。準備できたらいつでもアップはじめてくれ。うちはもう終わってるし」

マネージャーはいないようなので副主将の青木に越智から説明した。他の学校を迎えるときと同じ態度で接したつもりだったが、

「どーも。敵意剝きだしやな」

と揶揄《やゆ》する口調で青木に言われた。

二十五センチばかりも上にある青木の顔を越智は睨みあげ、

「冗談やったとしても、スポーツやってるもんとして軽蔑するんは当たり前やろ。動画撮って脅すとか……」

「そっちの二年が手ぇだしたんは棚にあげてか。大隈やったで多少のことじゃ怪我のうちに入らんけど、ひょろっこい一年坊主に万一怪我させてたらうちも黙っては引き下がらんかったぞ」

心持ち凄《すご》みが加わった声で切り返され、越智はぐっと声を呑み込んで歯嚙みをする。火曜の憤りが胸に再燃したが、青木のほうからおどけたように目を逸らして睨みあいを避けた。

「おれとしては冗談のつもりでもなかったんやけどな。うちも今年は本気で春高行く気やで、最大の障害を排除できたらラッキーやったんやけど……三村は賢い奴やな。県M

VPはただのカリスマっちゅうだけやないわけか。ま、工作はせんと、うちの一年セッターが正攻法でどうねじ伏せてくれるんかに任してみるわ。火曜はすまんかったな」

謝られたらこちらも突っかかる理由がなくなる。もともと舌戦は得意ではない。いや冗談のつもりじゃなかったって……冗談にならないことをさらっと口走ったような気がするが。

「更衣室使わしてもらえるで、荷物置いたらすぐアップはじめるぞ！」

越智の頭の上で青木が声を張りあげた。両肩に掛けたエナメルバッグとボールケースをがちゃがちゃ鳴らして真っ先に駆けてきたのが眼鏡の一年セッター、灰島だったので、越智は反射的に身構えてしまった。

「あと水道ありますか。コンタクトに替えてこなかったんで」

「え？　あ、ああ。更衣室の前にあるで使えや」

「あざっす」

素直に頭を下げられて拍子抜けしている越智の前を灰島が駆け抜けていき、「灰島ー！　一人で先行くなや、みんな来るの待てって。急がんでも試合は逃げんっちゅうの」ともう一人の一年、黒羽がそれを追いかけていく。「よそのガッコでうるさくすんなや」青木が二人の後頭部に注意を飛ばした。

ばたばたと落ち着きのない様子はなんだかんだで自分の部の後輩たちと変わらない。

やれやれと苦笑して見送っていると、三村と小田が話す声が耳に入ってきた。ネット前に両主将の姿があった。

「四十三で張ってもたけど、四十に下げるか？」

「いや、かまわん。うちもいつも四十三でやってるし」

張りあうような小田の返事に三村が「へえ」とにやりとする。小田が若干きまりが悪い顔になり、

「そりゃうちは四十三の公式戦でたことないけどな。そっちは何度も経験してるんやな……」

福井県内の大会では高校男子のネットの高さは二メートル四十センチと定められている。春高の県予選および代表決定戦もその規定だ。二メートル四十三センチは一般男子と同じ高さ——Vリーグや国際大会の高さであり、そして春高本戦を含め高校の全国大会もこの高さで行われる。

たった三センチ。しかし、県の中か、外かをくっきりと分ける三センチだ。

四十三の大会に一度もでたことがないチームが四十三の高さで練習しているなんて、皮算用と言ってしまえばそうだが——本気で全国に行く気でいるチームということだ。

小田の身長では背伸びをしただけでは二メートル四十三のネットの上端に届きもしない。平凡な運動神経の人間であればジャンプしても届くかどうかというくらいだろう。

ちょっと高めの家の天井とだいたい同じくらいの高さだ。

このネットの高さをものともせずに男子バレーはボールを打ちあう。トップレベルになればスパイクの打点は三メートル五十を超える。その迫力は、間近で見ると鳥肌が立つ。

顎を持ちあげて二・四三を示すネットの白帯《はくたい》を見あげたまま、「ありがたいわ……」と小田が顔を輝かせて呟いた。


ホームの体育館でやる練習試合が、マネージャーとしては仕事が増えて忙殺されるものの、越智はけっこう好きだ。

福蜂のユニフォームの地は深い赤だ。黒の襟と、脇からパンツにかけて入った黒のサイドラインが赤を引き締めている。普段の練習着はばらばらなので練習風景もばらばらした印象だが、こうしてユニフォームが揃うと動きも揃って見えて見栄えがいい。いつもの体育館が公式試合の会場のような風景になる。

かけ声にも気合いが入り、いつもよりきびきびと大きく響く。相手チームの声に負けまいとして、ちょっとバカかってくらいでかい声になるのも楽しい。

二チームのかけ声と、そこここではじけるボールの音が重なりあい、活気が幾重にも乗算されて会場の熱を高めていく。

清陰が練習しているコートでバコンッとひときわ派手な音がはじけた。フロントゾーンにボールが突き刺さってドゴンッと二度目の音がはじけ、ほとんど垂直にボールが跳ねあがった。

「うしっ、絶好調」

スパイクを打った選手、7番の黒羽が膝を沈めて着地しつつガッツポーズを作った。勢いあまってつんのめるようにネットの下をくぐり、片腕をぐるぐる旋回させつつポールの外側をまわって再び列の最後尾に走っていく。

試合前から余計な体力使ってないかあの一年は……面白さとあきれを半々に越智が清陰の練習風景を眺めていると、真上から声が聞こえた。

「こうして見ると7番は目ぇ惹かれるなー」

いつからいたのか三村が越智の頭越しに一緒にコートを眺めていた。

福蜂はコート外で列を作ってレシーブ練習中だが、三年の両ミドルブロッカー、高杉と朝松も小走りで後ろを通りかかったところで順に足をとめた。一九〇センチ近辺の奴らだけでおれのまわりを囲むな。他の部員はこっちを気にしつつも真面目に列の後ろにまわる。

「二年くらい前のおれ見てるみたいやな」

自分で自分のことを〝目を惹かれる〟と言っているわけだが事実だから誰も突っ込まない。

「おまえの悪いときの雑なとこがでてる感じや。ほやしあれは8番に操られてるだけやろ」

と越智は評し、こちらに背を向けている8番の灰島を目で示した。清陰のユニフォームはシャツからパンツまで黒で、青のラインが配されている。黒い背中に白でプリントされた〝8〟が存在感を放って見えた。

一人だけネット際に立ち、スパイカー陣一人一人にサインをだして打たせているのが8番の灰島だ。黒羽は灰島の指示どおりの場所に跳んで、そこにあがったトスを打ち落としたのだ。力のあるエースが一人いて、エース偏重になるチームは高校では往々にしてあるが、セッターがここまで主導権を握っているチームは見たことがない。

三村が三年になったときのチームにこの選手の嵌め方がわからなかった、と畑が評した意味がなんとなく理解できてきた。

「8番が崩れた瞬間ぜんぜん通用せんくなる可能性あるぞ、あのチーム。一年にそんだけ預けてるってどうなんや。一年が入ってようやく面子が揃ったっちゅうチームの弱味やろな。層が浅いわ」

越智の清陰評を高杉が「からい点つけるなあ、うちのマネージャーは」と冷やかし、朝松が「統はどー見る？」と三村に振った。

越智は三村の顔をちらと振り仰いだ。ユニフォームの上から同じく赤と黒の配色のジャージをはおり、両手をポケットに入れて立っている。試合前の三村はいつもこんな感じで、無闇に力まずふらっとした立ち姿でコートの周囲を歩きまわって、相手チームや観戦席を含めた会場全体の様子をインプットしている。

「ま、おれも越智が言うんに同意や。ほやけどあんな癖が強そうな連中が一年セッター中心にわけわからん結束でちゃんとまとまって、鉄壁の常勝校相手に下克上《げこくじょう》狙ってるっちゅうんやで、そりゃうちより清陰のほうがドラマがあるように見えるやろな」

「鉄壁の常勝校って、うちか」

「たしかにスポ根の主役は弱小チームっちゅうんが王道やもんなあ。ほれやとおれらは悪役か」

高杉と朝松は笑ったが、越智はそれに乗っかって笑える神経を持ちあわせていなかった。

……ヒーローで主人公は、三村であるべきだ。主役チームに頭を下げる悪役チームのボスなんていう、恰好悪い配役で満足して欲しくない。

「統……本気でそんなつまらんこと言ってるんやないやろな」

余計な力が入っていないどころではない。必要な気力まで抜け落ちたような口ぶりが、三村のバイオリズムがまだまったく上向いていないことを物語っていた。自分で練習試合を持ちかけるくらいだから清陰に行ったことでやる気になったのかと思ったのだが、なんの変化もないじゃないか。

「本気っちゅうたら本気で言ってるけどな。清陰が全国行くことになったら地元のテレビが大よろこびしてドキュメンタリー組むやろし、全国区のマスコミかって食いついて、福井も有名になるやろしな。福井ってどこ？　なんてやっと訊《き》かれんくなるわ」

「おまえそれ根に持ってんなあ」

「毎年全国の会場で言われてみろ。根にも持つわ」

「他の県の奴らと話すでやろ。八方美人やめればいいんでねぇんか」

「八方美人じゃねえ。必要あってネットワーク張ってるんや。仲良なっとくと次の大会で会ったときご当地スナック持ってきてくれる」

「もっと有効なことにそのネットワーク使えや……」

　一九〇近辺の三人組が越智の頭を飛び越えて軽いやりとりを交わす。一人重苦しい気持ちで黙り込む越智に三村が目をよこし、面倒くさそうに溜め息をついた。

「春高のセンターコート、行きたいか？　越智」

　唐突に問われた。

「なんで今そんな話……」

「言えや。春高のセンターコートのマネージャーにしろって」

いつもと同じ論調で言われる。二年前に初めて言われたときには、その魅力的な言葉にただ惹かれて涙目で頷いた。けれどそれから何十回も何百回も同じことを言われるたびに、すこしずつすこしずつ、頷くことが苦しくなってきた。なんで三村が繰り返し答えさせるのか、どんどんわからなくなる。

「……言えん」

と、首を振った。

三村が驚いたように目を見開いた。それから目を鋭くし、

「言えや」

と繰り返して強要してきた。

「いやじゃや。二度と言わんん。おれは別にセンターコートなんか行きたない。そんなんもうとっくにどうだっていいんじゃや。そりゃあみんなで行きたいとは思ってたけど……それかって、もう……もうそんなもん、行かんでいい」

「本心け……それは」

目の前に立ち塞がる赤いユニフォームがチリッと空気を焦がすような怒気を纏う。なにか揉めている空気は清陰にも伝わっており、なにごとかというように動きをとめていた。

「集合や！　三年！」

畑の怒声が飛んできた。三年の中核メンバー四人が無駄話をしていては示しがつかない。高杉と朝松が「すいません！」とすぐに駆けていく。二人が振り返って目で催促するので、三村の前から逃げるように越智も二人を追った。

肩越しに三村のほうを振り返ると、話を中断されたのが気に入らない顔でポケットに手を突っ込んで歩いてくる。前を向き、畑を中心としたチームの輪に合流した。

「とりあえずスタメンやけど、まあ練習試合やし交代してくとして……」

「先生。今日、統抜きでやるんはどうですか」

畑の話を遮《さえぎ》り、思い切って意見した。

畑はもちろん他の部員も、そして最後に合流した三村も、全員が驚いた。

「練習試合くらいで統抜きで負けるんやったら、ほんとに春高には清陰が行ったほうがいいんかもしれんです」

場の空気がざわっと不穏に波打った。「おっおい、越智」高杉がたしなめる口調で呼んだ。戸倉が特に傷ついたように顔を歪めたのも見えていた。しかし撤回する気はなかった。堰《せき》を切ったように自分の中から言葉が溢れだしてくる。

「統に身体張らしてセンターコートまで連れてかせる価値もないチームってことなんでしょう。今の福蜂を引っ張ってくことが統の重荷になってるだけなんやったら、おれははよ引退さして大学でのびのびやらしてやり――」

　バコッと後頭部をひっぱたかれて最後まで言えなかった。トップスピードで時速百キロメートルを超えるスパイクを叩き込む、県内最強のスパイカーの平手である。目玉が頭蓋《ずがい》から飛びだすかと思った。「……つーっ……」頭を抱えたきりしばらく息もできない。

「勘違いしてんじゃねえぞ、どあほ。マネージャーの仕事の逸脱じゃ」

じんじんする脳天に本気で怒りを帯びた三村の声が浴びせられた。目に涙を溜めつつ越智は抗議をこめて頭上を振り仰いだ。

「監督、おれでますよ。おれが取りつけてきた試合におれがでんっちゅうことあり得んやないですか」

「統っ」

「三分ください。三分後にはじめるってことで。ちょっとこのどあほうと話つけてきます。ちょっと来い、光臣」

　三村が越智の後ろ襟を摑んで輪を離れる。つま先立ちでカニ歩きさせられる恰好になり「放せちゅうのっ、統っ」と暴れてふりほどこうとしたが、清陰の連中にまで見られていたので仕方なく体裁を繕った。顔を伏せてとぼとぼした感じで連れられていく。

　越智がおとなしくなると三村もそれ以上乱暴な扱いはしなかった。鉄製の引き戸をがらりとあけ、越智の背をぽんと外に押しだした。

たたらを踏んで渡り廊下のすのこに膝をついた。三村が鉄扉を閉め、背中でそれを塞いで戸口の前の段差に腰をおろした。地べたに座らされた罪人と、縁側までにじってきて凄みをきかせる町奉行といった構図である。

「ったく……黄色い声援なんかいらんとは言ったけど、声援どころかマネージャーが選手の士気下げること言ってどうすんじゃ」

うんざりした溜め息をつかれた。越智はむすっと押し黙り、すのこの上であぐらを組みなおして三村と向かいあった。お奉行のほうが高いところに座っているので越智の目線はちょうど三村の膝の高さになる。黒のサポーターに包まれた両膝のあいだで三村が両手の指を軽く組んだ。

「別におまえが外野やって言ってるんじゃねえぞ。そっちの勘違いはすんなや。殴ったんはすまんかった」

「……謝んなや」

ぼそっと言ったものの頭はまだじんじんしているので恨みがましくなった。

「おまえがあかんかったんは、わかってる」

あそこで三村が怒らなかったらチームの統制がぐだぐだになっただろう。監督のメンバー選抜に意見するなど、三村が言ったとおりマネージャーの仕事の逸脱だ。三村の庇《ひ》護《ご》でチーム内で立場を与えられていようが、自分はコートに立たない人間だ。コートの中で走りまわって勝利をもぎ取ってくる選手たちに対して、春高に行く価値がないチームだなんてどの口で言えるというのか。……わかってる。わかってるけど。

「おれは、納得いかんのじゃ。なんで清陰んたな気楽な立場の連中と、おまえがおんなじ土俵で扱われなあかんのじゃ。うちの一強を脅《おびや》かすチームが現れたとかって、清陰はおもろがられて、勝ったら持て囃《はや》されるんやろけど、負けたらまあ順当な結果やったなって言われて終わるだけやろ。失うもんなんかねえやろが。おまえが守らなあかんもんの重さは、ぜんぜん違うのに……不公平やろが。そんな思いさせられるだけやったら、もういいやろ……捨ててまえばいいやろって、おれはずっと前から……」

「よくないわ」

という声に遮られた。

「よくないんじゃ。どうだっていいとか二度と言うなや。春高のセンターコートのマネージャーにしろって、言い続けろ」

「なんでおまえは……それにこだわるんや……」

痛みで滲んだ涙はいったん引っ込んでいたが、また目の奥が熱くなり小さく洟をすする。

「なにがしたくておまえがバレーやってるんか、おれにはわからん……。人の夢叶《かな》えるためだけにやってるようにしか見えん……」

「いつまでたっても泣き虫だけは治らんなあ」

　三村に辟易される。泣き虫呼ばわりされるほど何度も涙を見せたつもりはないので
「ち、ちゃうわ」と言い返したものの、一度ゆるんだ涙腺は簡単には締まらない。

「光臣。いいから、言い続けろ。おれがほんとにおまえを春高のセンターコートのマネージャーにするまで」

「ほやでおれはもう……」

「もう三分たつわ。あのなぁ、これは別におまえに説教する時間やなくて、おれのエネルギーチャージするための三分やぞ。いいから……おれのおまもりやと思って、言ってくれ。今。嘘でもいいで」

「おまもり……って……」

　越智は涙目をあげた。たぶん目も鼻も真っ赤にしてみっともない顔を晒しているが、三村はどのみち越智の顔を見てはいなかった。膝のあいだで組んだ手に額を押しつけてうなだれていた。

　桜吹雪を肩に刻んで罪人を裁く町奉行の姿なんかでは、それはなかった。顔もあげられないくらい疲労困憊《こんぱい》で、両肩にのしかかる重い荷物に押し潰されているのが目に見えるようだった。

「言ってくれ」

懇願するように、もう一度。

喉を通りきらない塊を無理矢理押しだすような、苦しい思いをしながら、それでもどうして毎回、請われるたびに自分は言うんだろう。

「……嘘なんか、言わんわ。行きたいに決まってるやろ。絶対おれを春高のセンターコートのマネージャーにしろや。センターコートのベンチでおまえらを応援するんが、おれの夢なんやで」

三村にはとっくに望んだ以上のものを与えてもらった。それも嘘ではない。

それでも——二年前の夏、階段の上から輝く光の鎧《よろい》を纏って飛びおりてきた、越智のヒーローで王様がその手で差しだしたのは、栄光のコートでスポットライトを浴びる三村統の姿を、コートサイドの一番近いところで見られる特等席のチケットだ。それを使わずに破り捨てるような真似をしたら、それこそおれは赦《ゆる》しがたい本当のバカだ。

額の下で三村の両手がぐっと握りしめられた。

「……よっしゃ」

顔をあげ、目を細めて顔をくしゃくしゃにするような笑い方をした。

キュッとシューズの紐《ひも》を引くように、その表情が引き締まる。

「ほんならちょっと、出る杭《くい》叩き潰してくるわ」

物騒な声色で不敵なことを言って腰をあげたとき、両肩からゆらりと闘志が立ちのぼった。途端、まだどちらかというと華奢《きやしや》な肩がひとまわり強靭《きようじん》になり、〝悪魔のバズーカ〟がその凶悪な存在感を放出した。

7. SUPERHERO

拾って、繋いで、返す。それを相手チームがまた拾って、繋いで、返す——この応酬をラリーという。バレーボールの基本中の基本だ。三打以内に相手コートに返すというルールがあることからこれを順にファーストタッチ、セカンドタッチ、サードタッチと呼ぶ。

ところが、福蜂工業対清陰の練習試合、一セット目開始直後からいきなり壮絶な打ちあいになった。サーブが打たれてプレーがはじまったと思ったらスパイク一発でプレーが終わるので、〝ラリーの応酬〟になんかならない。ラリーってなんだったっけ、とそのバレー用語の定義が一瞬わからなくなる。

清陰のサーブからはじまった０－０。レシーブ側の福蜂が最初の攻撃のチャンスを得ることになり、高杉の挨拶がわりの速攻が決まって１－０。

かわって福蜂のサーブ、お返しとばかり清陰も青木の速攻で点を返してすぐに１－１

とした。

　この調子で序盤、まるでメトロノームが振り子運動で拍子を刻むかのように一点ずつサイドアウト（サーブ権の取得）を奪いあう展開になった。得点係についている福蜂の一年部員がめまぐるしさについていけずに混乱を来《きた》していた。片方のチームの点数をめくっているうちに次の点が入っているというくらいなので、審判に「点、点」というふうに指をさされて慌てて反対側のチームの点数をめくるといった具合である。なお畑は福蜂側の監督についているので、主審はボランティアでコーチに来ている福蜂ＯＢが務めている。

「こっからの三ローテでブレイクしたいとこやな……」

　越智の隣でパイプ椅子に座っている畑がコートを見据えて呟いた。

　12－12。一セット二十五点なのでここでセット中盤だ。開始のホイッスルからここまでがあっという間に過ぎた感覚だった。ラリーが短いので実際の経過時間も異常に短い。

　レシーブ側のチームが得点してサーブ権が移ることをサイドアウトと言う。六人制バレーボールではサイドアウトごとに得点側チームの六人が時計まわりにコート内をローテーションしていく。後衛ライトに来たときにサーバーとなり、そこから後衛センター、後衛レフト、前衛レフト、前衛センター、前衛ライトの順でまわっていくわけだ。ネット際でブロックやスパイクができるのは前衛にいる三人のみ。後衛に下がっているあいだはブロックには参加できず、スパイクもアタックライン（ネットから三メートルのところにあるライン）より後ろのバックゾーンから跳ぶバックアタックしか打つことができない。

両チームとも十二点でちょうど二周してスタート時点に戻ったところになる。福蜂は三村が前衛レフトにあがり、福蜂の主砲であるレフト攻撃で点を稼ぎたいローテーションだ。時計まわりに前衛センターが高杉、前衛ライトが矢野目、後衛は順に戸倉、朝松、掛川だが、朝松の場所には今はリベロの猿渡が入っている。リベロは後衛専門の特殊なポジションで、後衛に下がったプレーヤーのいずれかと交代してレシーブを強化する。ローテーションがまわって猿渡が前衛にあがる際にまた朝松が交代して入り、前衛の高さを揃えるのである。

ウイングスパイカーというポジションが攻撃の柱として主に前衛のサイドからのスパイクを担う。後衛にいるときもバックアタックで攻撃に参加する。またリベロとともにサーブレシーブを担当するのもウイングスパイカーの重要な仕事だ。一般的な布陣ではコート上に三人置かれる。右利きの選手はレフトから打つほうが得意なことが多いため、基本的にレフトスパイカーが高校バレーにおけるエースとなる。

ミドルブロッカーはコート上に二人置かれ、その名のとおりブロックの要を担い、攻撃時はセンターで速攻に入ってサイドから打つウイングスパイカーの攻撃に絡む。

そしてあと一人がセッター――攻撃を操る司令塔だ。

セッター掛川がセンターで跳んだ高杉を囮《おとり》にレフトの三村までトスを通す。清陰の前衛は一八四センチの黒羽、一九三センチの青木、一八一センチの灰島という高さが揃っている。

腕を振り抜いた三村の渾身《こんしん》のスパイクが三枚ブロックに阻まれ、真下に打ち落とされた。

福蜂側に戦慄《せんりつ》が走った。先にブレイクされた――!?

「あっ」と、越智と畑は同時に声を漏らして腰を浮かせた。ネット下で跳ねたボールが三村の足と絡まり、三村が尻もちをついたのだ。ヒヤリとさせられた。

座り込んだまま三村がぱっと審判台を仰ぎみた。

主審が清陰側にボールが落ちたことをジェスチャーで示し、三村に頷きかけた。得点は福蜂だ。

「〝吸い込み〟か……」

助かったという思いで越智は息を吐いた。一瞬見失ったが、ボールは跳ね返されたのではなく、清陰のブロッカーとネットの隙間を通って落ちていたのだ。福蜂側は胸を撫でおろし、よろこびかけた清陰の後衛陣が落胆の表情を見せた。

13－12。これで二十五連続サイドアウト――まじかよ。

「心臓に悪い試合やな……。練習試合で寿命縮められたらかなわんぞ」

五歳くらい老け込んだような顔で畑が唸った。しかしあげかけた尻を椅子に落ち着け、

「今のでいい！　焦らんと打ち切ってけ！」

と手でメガホンを作ってコートに声を飛ばすにとどめた。格下の相手に、しかもこんな早々から〝王者〟が焦りを見せては相手を調子づかせるだけだ。

「統はこれで何本目や？」

「十二本打って十点目です」

スコアブックを見おろして越智は答えた。福蜂のここまでの十三点の内訳は三村が十点、高杉が一点、清陰のミスが二点。

このセット、福蜂のスパイクは五割を遥かに超える割合で三村が捌《さば》いていた。三村と対角のローテーションを組んで裏レフトを担う戸倉が今日はどうもノッてこず、いつもより声もでていない。

試合前に越智が言ったことを気にしているのは間違いなかった。コートでは三村がわざわざ戸倉になにか声をかけてロータッチを交わしている。

マネージャーが選手の足を引っ張ってどうするんだ、ほんとに……。三村がフォローしなくちゃいけないものを増やす結果になっただけだった。

福蜂が三村という大エースを擁したオープンバレーのチームであるのと対照的に、清

陰はコンビバレーのチームと言えた。ブロックにつかれることを前提で、エースのスパイク力に託してオープントス（サードテンポの高いトス）を多用するのがオープンバレーだ。対して複数のスパイカーを駆使して攻撃を組みあわせ、ブロックを振り切るのがコンビバレーである。

そしてコンビバレーには、その旗振りをするセッターの力が欠かせない。

灰島のトスワークには目をみはるものがあった。正確さと速さを驚異のハイレベルで兼ね備えたトスを自在に散らして縦横無隅《じゅうおうむぐう》のコンビ攻撃を繰りだしてくる。時間差と速攻を小憎らしく使い分けて福蜂のブロックの的を絞らせない。速攻を囮にしてブロックを引きつけ、わずかな時間差で跳んだ別のスパイカーがスパイクを打ち込むのが時間差攻撃と呼ばれるものだ。時間差を連続して使ってきたかと思えば、福蜂のブロックが時間差に引きずられたと見るやすかさずミドルに速攻を打たせる。ライトスパイカーの棺野にライト側の端から打たせるブロード攻撃もあり、福蜂のブロックはまだこれにまったく追いつけていない。

「うちは統に集めすぎやないんですか。清陰はミドルもライトもまんべんなく使ってます」

出し惜しみしなくてもいいんじゃないですか、という先日の灰島の言いようが思いだされる。まさしく出し惜しみしていない印象だ。まだ持ってたのかよ、というほど次から次へ手を変えてくる。掛川には悪いがセッターの差というのをこれほど感じる試合は初めてだ。

「まあな……ほやけど統本人がまだ打つ気満々やぞ」

畑が顎をしゃくった先で、三村が掛川に向かって自分の胸を指し示すのが見えた。

「末恐ろしい一年やな、清陰のセッターは。東京の強豪でやってたっちゅうても、所詮中学のことやと思てたけど……。掛川があの怪物に引きずられてできもせんことしはじめたら、うちのほうのリズムがおかしなる。今はそうやって統に集めさすんでいいんや」

「ほやけど、統に負担かかりすぎじゃ……」

「そこを絶対になんとかしてくれるで、あいつは福蜂のエースなんや」

一点ごとに尻をあげたり下げたりしていた畑だが、今は腰を据え、腕組みをしてコートを見つめている。畑にとっても三村はヒーローなんだと、わかった気がした。まるで小さい子どもがテレビの中のヒーローの勝利を疑っていないみたいに……二倍以上も歳を重ねているおとなのそんな期待まで、三村は笑って預かってしまうんだろう。

練習試合とは思えない緊張感のシーソーゲームが再開される。ブレイクしてくれ……と祈る気持ちで越智もコートを見つめる。先にブレイクして均衡を破ったほうが、おそらくそのままこのセットを取る。

バレーではサーブレシーブ側が次に得点する確率が高い。レシーブした側が先にスパイクのチャンスを得るわけだから当然といえば当然だ。スパイクを拾ってラリーが続く傾向がある女子と比べて、男子は特に一発目のスパイクで点が決まりやすい。

つまり相手に先行し、さらに点を引き離すためには、サーブ側のときに〝ブレイク（連続得点）〟できるかが鍵になる。

清陰の前衛スパイカーは今は青木と黒羽の二枚だが、後衛の小田と棺野もバックアタックを持っている。灰島はどこを使ってくる？

ネット際に高くあがったレシーブを灰島が長身を生かしたジャンプトスで迎えにいく。まるで糸がついているみたいにボールがその指先に吸い寄せられ――

と、灰島の左手がひるがえり、次の瞬間ズダンッと福蜂コートでボールが跳ねた。

ジャンプトスの体勢からネット上で手首を返し、切るような鋭いツーアタックを打ち込んだのだ。完全に意表をつかれ、福蜂コートでは誰も反応できなかった。しかもスパイカー並みの強烈なスパイク――そういえばこいつ、両利きだ！

「かぁーっ……やられた、これがあったんやった」

参ったというように畑がごましお頭を掻いた。

三打目をスパイカーにあげずに二打目でセッター自らが攻撃してくるので、ツーアタック。通常左手で打つことになるため、左利きや両利きのセッターのツーアタックはスパイクと同等の武器になる。灰島のプロフィールに両利きとあったのを越智も忘れていたわけではない。しかしトスワークの巧みさばかりに目が行っていたので、ここで使われるとは思ってもいなかった。

〝出し惜しみしない〟——スコアブックに添えた右腕に鳥肌が立っていた。左手で右腕をごしごしこすった。

決めた灰島がサーブに下がるローテーションだ。ビデオで見たとおり、左打ちからネットすれすれを通過してくる怖いジャンプサーブを持っている。

あわやサービスエースを決められそうなパワーサーブを猿渡が手にあて、ばちんっとゴムをはじくような音とともに跳ねあがった。しかしこれは掛川に返らず、「オーライ！」と矢野目が大きく両手をあげてボールの下に走る。

「レフト持ってこい！」

レフトで待つ三村が大声でトスを呼んだ。

高いトスがコート上を横断して三村に送られる。囮もなにもないので三枚ブロックががっちりと三村の前につく。

統、頼む——！

コートの全員の思いを乗せたボールに越智も思いを重ねた。

下半身の三関節を深く沈め、バネに溜め込んだエネルギーを一気に解放して三村が跳ぶ。一八九センチの長身が空中でしなやかな、かつ強靭な大弓と化す。つがえた矢をぎりぎりまで引き絞って放つように、強烈なパワーを乗せて腕を振り抜く。一九三センチの青木のブロックの遥か上を行く、驚異の打点からスパイクが炸裂《さくれつ》した。

三枚ブロックを、今度は抜いた！　灰島がディグ（スパイクレシーブ）に入っていたが、ボールは灰島を吹っ飛ばして跳ねあがった。二階部分の壁に設えられているギャラリーの手すりに激突し、がぃぃぃぃんっと激しい金属音が空気を震わせた。

あいつ、力業でこの一点もぎ取りやがった……‼

三村が両膝を沈めてセンターラインすれすれに着地する。気合いの残滓《ざんし》を身体の中からゆっくりと吐きだすように、ゆらりと上体を起こす。一瞬、張り詰めた糸がまだちりちりと震えているような間がある。

しかしくるっとチームメイトを振り返ると、

「っしゃ！」

と、満面の笑みでガッツポーズをしてみせた。福蜂コートが——ベンチも、係についている部員たちも、審判までもが思わずといったように「統ー！」とわいた。

福蜂には灰島のような傑出したセッターはいない。けれど、何枚ブロックにつかれようが、どんなに苦しい状況だろうが、今欲しい一点を絶対に決めてくれるエースがいる。

14－13。福蜂は次にローテーションが動くと三村が後衛に下がる。三村が前にいるうちになんとか一本ブロックポイントを取ってブレイクしたい。

速攻、時間差、ライトのブロード、バックアタック——次はどれが来る？　まばたきすら我慢して越智はボールの行方を追う。ラリーが長くなる女子の試合ならともかく男子の試合でこんなに集中力の持続が要求されることはない。めまぐるしく切り替わる試合展開を追いながら、次の一本を読むのに頭をフル回転させねばならない。

ボールが灰島の両手の指先に触れた瞬間、目で追いきれないような巧みなハンドリングではじきだされたトスがレフトに通る。一年の頃の三村をたしかに彷彿《ほうふつ》とさせる思い切りのいい跳躍で、黒羽がそこに飛び込んできた。

だが三村と朝松がぴったりついていた。隙間のない二枚ブロックがスパイクをドンピシャでシャットアウトし、ダガガンッと三角形の軌道を引いて清陰コートで跳ねあがった。

「よし、捕まえた！」

尻を浮かすどころではなく、越智も畑もとうとう椅子を揺らして立ちあがった。

15－13。待ち望んだブロックポイントがでて、福蜂の連続得点。やっと抜けだした……！

三村がネット越しに灰島に向かって拳を見せた。仕留めたぜ、とでもいうような挑発的な仕草に灰島が目をみはってから、目を細くして三村を睨みつけた。動揺した様子はない。めらっと闘志が増したように見えた。

朝松が三村の胴を抱えて肩まで担ぎあげた。統コールとともにコート上の全員がそこに飛びついていき、笑っている三村を押し潰してだんごになる。

越智もベンチから飛びだしていきたい衝動に駆られながら、立ちあがった拍子に落としてしまったクリップボードを拾って座りなおした。まだ勝ったわけではない。冷静にスコアブックに記録する。ブロックポイント、得点者の背番号は〝1〟……じわ、と視界が滲んだ。隣の畑に感づかれないように慌てて目を拭《ぬぐ》った。

ところが隣で洟をすする音が聞こえた。

「先生……。これ、練習試合ですよ」

自分の涙目をごまかして冷ややかに突っ込むと、「見て見んふりしとけ。四十《しじゅう》過ぎると涙もろなるんじゃ」と畑がチョップをかましてきた。

中盤、やっと一点抜けだしただけだ。だが、大きな意味がある一点だ。灰島と黒羽、清陰の勢いを作っている一年エースコンビを仕留めた。

ようやく摑んだ流れの端っこを手放すような三村ではない。次はまた一点ずつ取りあって16－14となり、シーソーゲームの再開かと思われたが、ここで三村のサーブ順が来る。

両手のあいだでボールをくるっと一回転させてから、右手で摑んだボールを身体の横につけて立つ。左手で右肩に触れて袖を軽く引っ張りあげるのが癖だ。小さな笑みを浮かべてまわりに目をやる余裕がある。その自然体の笑みに、場の空気が引きつけられる。会場を味方にするために三村は空気をコントロールする。

インターハイ敗退後からバイオリズムが下がる一方だったのが嘘のようだ。こんなに集中している三村はここしばらく見ていなかった。

無雑作な立ち姿からボールを高くトスし、灰島の十八番《おはこ》を奪うような打点の高いパワーサーブが放たれた。

ドライブのかかったボールが清陰コートの深いところを狙って伸びる。黒羽が下がりながら取ろうとしたが、ボールは黒羽の肩にあたってひっくり返らせ、二階ギャラリーまで吹っ飛んでいった。今度は手すりの向こう側に飛び込み、壁と手すりのあいだでがんがんと跳ねまわった。

ここ一発での、サービスエース！

「スバルー‼」

雄叫《おたけ》びのような統コールで体育館がわいた。

再度福蜂の連続得点で、17－14。

じわりと福蜂が清陰を突き放しはじめた。

24－20の局面。ブロックにあたって福蜂コート後方に大きくはじかれたボールを猿渡と矢野目がダッシュで追う。猿渡が手にあてててボールの方向を変えたところに矢野目が追いつき、後ろ向きのままぶん投げるみたいな打ち方で自陣に送った。朝松が清陰コートに押し込んだが、これは清陰に拾われ、ラリーになる。まったくラリーにならずスパイク一発ずつで決まっていくという序盤の展開から、中盤以降はラリーが続く場面がではじめた。

清陰にとってはあと一点取られたらセットを落とすというこの局面で、灰島は大隈に速攻を打たせてきた。手に飛び込んできたボールに「うおっ⁉」と大隈自身も驚いた声をあげつつ打ち抜いた。

剛胆なトスワークに越智も度肝を抜かれた。とはいえこれでまだ24－21だ。このセットは取れる——と、スコアブックに清陰の得点を書こうとしたときだった。

どどどっと目の前で地響きが起こった。まだボールは落ちていなかった。三村が床に身体を投げだし、床とボールの隙間にぎりぎりで手の甲を突っ込んだ。

「猿渡ぃ！」

三村が呼んだときには「はいよ、大将！」と猿渡がフォローに走っている。三村の上からのしかかるようにして繋いだボールが福蜂コートにあがった。

猿渡の下敷きになりつつしっかり抱きとめながら、三村が怒鳴った。

「打ち切れ、工兵！」

戸倉がボールの下に走っていたが、スパイクで打ち返すことは諦めて清陰側にチャンスボールを返す体勢だった。しかし三村のその声にはっとなってその場で跳んだ。スタンディングジャンプからの難しいスパイクだったが、しっかりと力を乗せて打ち切った。ボールは清陰のブロックのあいだを抜いて清陰コートに落ちた。

ここで清陰に一点くれてやってもさほど痛い失点ではなかった。次で確実にサイドアウトを取ればこのセットは終わっていた。なのに……何回涙ぐませるんだよ、おまえは……。

25－20。一セット目、福蜂が先取。

越智はすぐにはベンチから立ちあがれなかった。

「ほら、マネージャー。ぼーっとしてえんと、コートチェンジやろ」

三村がベンチの前を横切りざま越智の頭に手を乗せていった。ウォームアップエリアの控えメンバーが荷物を運んで移動をはじめている。清陰とベンチの交換だ。

まるでフルセットまでもつれた決勝戦のような熱気がコートに溜まっていた。しかし異様な密度の濃さだった一セット目を終えて憔悴《しょうすい》するどころか、両チームともまだ集中力が切れていないことがなにより驚きだ。身体を動かしながら次のセットの開始をうずうずと待っている。

福蜂側コートサイドでは畑を囲んで円陣が組まれる中、三村一人がタオルをほっかむりみたいにしてベンチに腰をおろした。遅れて駆け寄っていった越智が不思議な顔をすると、

「おれの出番は今日はしまいや」

とタオルの下から言った。よいしょという感じで屈んで左右の膝のサポーターを足首までずりおろし、

「あとは工兵に任す。監督とも話してあるし」

「あ、ああ……」

練習試合では三村をフルで使わないことなどよくあるのだが、今日はずっとでるつもりなのだと途中から思い込んでいた。なんとなく拍子抜けして相づちを打つと「なんか不満そーな顔やなあ。仏頂面が三割増しやぞ」と三村はからからと笑って、ドリンクのボトルに口をつけた。

「スバル専用」とマジック書きされたボトルには「ゲロ甘」「ヒトには毒」「ひでぶ」とかいう文字や落書きがいろんな角度から書き加えられている。それぞれが誰の字かも越智は判別できる。高杉、朝松、猿渡、神野……三年のチームメイトたち全員分だ。小さいが自分の字もある。

いっそ仏頂面十割増しにしてやろうかと、むすっとして三村の隣に座った。

「……説明しろや。なんで急にモチべあがったんや」

試合前はどう見てもバイオリズムが低下していたのに、いざはじまったらいきなりギアをトップに入れてきた。このセット、三村が引っ張らなかったら勝てていなかった。

練習試合くらいで負けるなら清陰が春高に行けばいいなどと、本気で考えての発言だったのかというと……三村抜きでも負けはしないだろうと心のどこかでは高をくくっていたんだと思う。

「おまえ言ったげな。清陰には失うもんがないんが不公平やって……それ、逆や。守るもんない奴らが、おれより強いわけねえやろ」

三村の声から笑いが消えた。清陰のベンチに流した視線が、一瞬だけ怖いくらいに鋭くなった。

清陰は主将の小田を中心に円陣を組んでいる。老顧問はちょこんと座ったままだ。清陰の控えは一七五センチの選手一人しかいないので福蜂のようにエースを下げることはできまい。一方福蜂は三村を温存したところでチーム全体としての体力がある。

「おれは常勝記録を途切れさすわけにいかん福蜂の主将で、それを実現するためにここにいるエースで、県のＭＶＰで、県でおれに期待してる人たちがひってようけいる。おれに夢預けてくれた奴ら、みんなをおれは全国のセンターコートに連れてかなあかん。

センターコートまで届かんかった先輩たちも、チームの連中も、そいつらの家族も……それとおまえと、監督と」

と、畑の背に目を移してやや表情を柔らかくする。一セット目は三村に任せてどっしり構えていた畑だが、今は気迫を剝きだしにして選手に細かい指示をだしている。

福蜂バレー部の顧問に就任した年に畑は小学生のバレーチームにいた三村に声をかけ、高校生になるのを待っていたというから、二人の縁は自分たちとのそれよりもずっと長いのだ。バレーセンスとエース向きの性格は傑出していたものの、その頃の三村は体格的には未知数だった。それでも畑は、三村に県を背負うエースとしての将来を見たのだ。

「中学とか小学校とかでバレーやってて、おれ見てカッコイイっつってるチビっこいのとかも、みんなや。そいつらをがっかりさせたらあかんし、守らんとあかんもんが、おれにはあほかっちゅうくらいある」

越智は常々思っていることだが、自分でも自覚があったんだなということを三村はつらつらと並べ立てた。天真爛漫なキャラクターのくせして、そういう自分をこいつはときに冷ややかに感じるほど客観的に見ている。

あらためて数えあげると、まったくバカバカしいほどの期待がその双肩にかけられているのだ。子どもならまだしも、おとなたちまで、弱冠十七歳の高校生一人に。

「おまえ、自分であほらしならんのけ。一度も……？」

「あほらしいとか、あほらしないとかの問題やないんや。あのな、おれだから、そのあほかっちゅうくらいの期待とか責任とかに潰されんと、それを力にできるんや。小田は幸運な奴や。去年は新人戦もでれんぐらいやったんが、最後の年にあんなチームに恵まれたんやで。８番はたぶんおれより才能ある。あいつがもし最初から福井でバレーやってたら、県の宝とか言われてたんはあいつやったかもしれんな」

「ほーゆうこと……」

不本意な反応をしかけて越智は口ごもった。三村にかかる重荷を苦々しく思っているのに、県の宝は三村以外であってはならないとも思っている……自分勝手な矛盾だ。

言葉がなくなっていると、三村が面白がるように肩を竦めて小さく笑いを漏らした。

「ほやけど、実際県ＭＶＰをずっと張ってきたんはおれや。あいつらが今から欲しがったとしても絶対に手に入らん、どでかいエネルギー源を、おれだけが持ってるんや。ってことは、県でおれより強い奴がいるわけないやろ？　ほやでおれは、誰にも負けんのや」

笑って不敵に言ってのける三村の顔を、越智は唖然《あぜん》として見返した。

なんだよ……。

若干の悔しさのような、恨み節のようなものが胸の中で入り混じる。

重荷に潰されそうになんて、ぜんぜんなってないじゃないか。なんだよ、すげぇ心配したのに……。

三年間どっぷりつきあっていても未だに不思議な奴だと思う。おかしなポジティブさで導きだされたオレ理論で、何度でも越智の発想を軽々飛び越えてくる。自分の目の前で澱《よど》んでいた世界ががらりと塗り替えられて、玉座へと続く光に溢れた階段が現れる。

そして……なんて強い奴なんだ、と思った。

ホイッスルが響いた。二セット目のコートインだ。両チームのスターティング・メンバーがコートサイドに並んで軽く跳びはねる。畑は座らずにそのままコートサイドで声をかけるつもりのようだ。

「工兵ー！　層の厚さを思い知らしてやれや！」

清陰にもわざと聞かせるように三村がベンチから怒鳴った。ちょっと驚いた顔で振り返った戸倉に、

「思いっきりかましてこい！」

片手を口の横にやってメガホンを作り、明るい声で発破をかけた。

三村一人で踏ん張り抜いたような一セット目の展開だったが、いつしか三村の気合いがチームみんなの集中力を引っ張りあげ、最後には全員で文字どおり転がりまわってボールを繋いだ。そして戸倉に託された、最後の一点。

〝打ち切れ！〟——あれは自分が次のセットは下がることを承知していた三村が、戸倉

にバトンを渡すための一点だったのだ。

「……はい！」

頬を上気させて戸倉が応え、「っしゃあ！」と気炎を吐いて真っ先にコートに飛びだしていった。「あいつはすぐヘコむでめんどくせぇけど、アゲる方法もわかりやすいで助かるわ」にやにやして見送る三村に「……ほんとに、おまえっちゅう奴は……」と越智は半眼を送った。

ほんとに、おまえは。

どこまで最高の、エースでキャプテンなんだよ。

仲間たちをコートに送りだすと三村は「あー暑」と急にテンションダウンし、スバル専用ボトルをぐびぐび呷《あお》った。そりゃあ暑いだろう。隣に座ったときびっくりしたのだ。両肩から湯気があがっているくらいで、近くにいるだけで空気が熱い。

一セット目はブロックポイントを含めて十六点が三村の得点だった。二十五点のうちの実に六割以上を三村の右腕が叩きだしたのだ。酷使された膝の関節が、しゅー、しゅーと苦しげに煙を吐きだす蒸気機関の連結部を連想させた。サポーターをおろすと今でも両膝には中学時代の手術痕が太い引き攣《つ》れになって残っている。

ボトルを逆さまにして未練がましく残りを舌で掬い取ろうとしている三村の姿が、ふと、ぼろぼろのロボットが外からエネルギーを掻き集めて、空洞の自分の身体に押し込んでいる姿と重なって見えた。

〝三村統〟という、他人の夢で作りあげられたスーパーヒーローの〝正体〟を見てしまった気がして、心臓がどきりとした。

＊

帰り支度をした清陰が戸口に整列し、小田の号令で「ありがとうございました！」と礼をした。福蜂の部員はもう体育館の片づけにかかっており、三村と越智の他、手近にいた数人だけが礼で応えて見送った。

「今日は引き分けやな」

そう言って三村が小田に右手を差しだした。

「引き分けにさしてもらったんやと思てる。まだまだ課題が多いわ」

という小田の返事は礼儀正しくはあるが、謙虚ではない。福蜂を相手に五分で戦って当然のように「課題が多い」なんて言うとは。

三村一人に集めた一セット目から福蜂は戦術を変え、二セット目はスパイカーをバランスよく使ったコンビ攻撃でスタートダッシュを切った。三村の強打にあわせていた清陰はすぐにはこれに対応できなかった。一セット目のシーソーゲームから一転して福蜂がそのまま逃げ切った。

最終的には六セットずつ取りあったところで時間切れとなった。偶数セットでやめるのが気に入らないようで、例の清陰の8番セッター、灰島がもう一セットやりたいとごねたが、三村と小田の両主将がここでやめておくことで合意した。灰島はあきらかに不満面だった。こういうところにはやはり一年の未熟さが見られた。

その灰島は、そう言っておきながら今は列の端で電池切れを起こしていた。ぐらっと傾いたところを隣の黒羽が見てびっくりし、肘を引いてまっすぐ立たせた。もう一セットやる体力があったとは思えない。おそらく小田もそれで引き際を見極めたのだろう。

今日一日で越智は清陰の狙い所を二つ見つけていた。一つは小田の高さ――バックアタックは要注意だが、高さのある福蜂にとって前衛では脅威にならない。灰島も今ひとつ小田を使いあぐねているのが察せられた。

もう一つは、セッターがボールにさわりすぎる。ラリーの最中であろうがセカンドタッチをなにがなんでも自分で取りにいこうとするのだ。そりゃあ電池切れにもなるだろう。正確なサーブレシーブがあがらなくてもセッターがどこにでも走れるから、清陰はサーブレシーブが弱い面がある。

スコアブックと照らしあわせて今日のビデオを見返せばもっと見えてくるかもしれない。

清陰は前評判どおりたしかに強かった。練習試合でこれほどの熱量が必要なチームと県内であたったことはない。本当に福蜂一強時代を脅かしかねないチームが現れたと戦慄せざるを得ない。

だからこそ、このチームを下した福蜂であれば、必ず今年、全国で勝ちあがれる。その思いを強めた一日だった。

今年、福蜂は必ず春高のセンターコートに立つ。

三村がエネルギー源を必要としているなら、ぐずぐず考えてないで夢を預ければいい。欲張りになればいい——いや、それも違う。連れていってもらうのではない。自分が仲間を勝たせるつもりで、針の穴であろうが狙える隙があればこじあける。

「ほんならこれで。次は決勝で相手してくれ」

三村が差しだした手を小田が笑顔で握り返した。

「よう言うわ。決勝まであがってくる前提か」

三村が意地悪く切り返すと、小田は自分の言い方の不遜《ふそん》さに本当に気づいていなかったらしく「えっ」と顔を赤らめた。チームの力をそれだけ信じているのだろう。

しかしあらためて引き締まった笑みを作り、

「もちろんや」

と言い切った。

「ほんなら首洗って待ってるわ」

三村も自然体の笑顔で応えた。無論福蜂も途中で負けることなど想定していない。

両チームの主将ががっちりと握手を交わした。傍目《はため》にはまあ、友好的に。

清陰が辞去し、見送った部員たちも片づけに合流するためばらけてから、三村が「痛《い》てー。折る気かっちゅう力で握ってきやがったわ」と右手を振った。越智から見て三村のほうも力いっぱい握っていたからお互い様だろう。

その手をジャージのポケットに突っ込み、戸口に肩を預けて、

「8番！」

と、思いだしたように外に向かって声を張りあげた。

夕陽の下をぞろぞろと引きあげていく清陰の一行の中で一つの背中がぴくりと反応した。ユニフォームからTシャツに着替えて〝8〟の背番号をおろすと、まだたいして鍛えていない一年生部員という感じになるのが不思議なところだ。

「またな」

自分のことかというふうに訝しげに振り返った灰島に三村が挑発的な声を投げた。純粋に楽しそうな顔で——視聴覚室でビデオに見入っていたときの顔がこれだったんだと越智の中で重なった。

生気が薄くなっていた灰島の顔に鋭さが戻り、瞳が細められた。ぺこっと頭を下げた

だけで、すこし距離があいたチームメイトを追いかける。最後尾で振り返って待っていた黒羽と合流し、肩を並べて歩きだした。

あの一年二人についてなにか感想を言うかと思ったが、三村は長くは見送らなかった。

「統ー？」

「統ー。ちょっといいか？」

「統先輩ー」

チームメイトが口々に呼ぶ声に「おー」と明るく応え、〝三村統〟の顔になって体育館を振り返った。

第二話 ‖ ユニチカ包囲網

1. SPLIT

宇宙《ユニバース》に手が届くくらい大きくなるようにという祖父の願いで、祐仁をユニと読んで名づけられたと聞いている。じいちゃんの思考にしてはロマンチックに過ぎて、まあじいちゃんの世代だからこその思考なのかもしれないけど、人に由来を訊《き》かれて答えるのは少々恥ずかしい。

祖父の想いに素直に感謝できるようになったのは、バレーボールがあったから。

さすがにロケットほどは跳ばないし、宇宙には届かないけど——高く、高く——白い照明が煌々《こうこう》と灯《とも》る体育館の天井に向かって高くあがったボールを自分の右手が捉えて、ずばんっ、と打つ瞬間、もっとめいっぱい跳んだら体育館の天井くらいには手が届くんじゃないかっていう気がする。宇宙に散らばる星々のかわりに、満月に似たあの照明の一つくらいなら摑《つか》み取れるんじゃないかって——。

「祐仁ー。右がもーちっと下、下……あ、下げすぎや。もちっと上……うーん？　わからんくなってきた。こんなもんかなあ」

光り物は光り物でも星でも満月でもなく、金メッキの画鋲《がびょう》を右手の親指で押し込んだ。模造紙のもう一方の端にも画鋲を留めると、黒羽《くろば》祐仁は軽く手を払って掲示板の前から退いた。「おっけーおっけー。やっぱ背ぇ高ぇ奴いると助かるわ」背後であげろ下げろと指示していたクラスメイトの男子が場所をかわって模造紙の下の端に画鋲を留めにかかる。

「これで留めるぞー？」

貼り終えてから初めて模造紙の内容を眺めると文化祭のクラスの出し物についてのなにやらだった。そんな時期かーとほのかに心躍らせつつ、教卓の上にだしておいたエナメルバッグのストラップを摑んだ。

「ほんならおれ部活あるで行くわ」

一年Ｃ組の教室をでるとＤ組、Ｅ組の前を小走りで素通りし、端っこのＦ組を覗《のぞ》いた。通り道だから教室にいれば誘って一緒に行くが、捕まえられたためしはあまりない。

席に姿がなかったのでいつものとおり授業が終わるなり部室に突っ走っていったのだろうと思ったが、ふと壁際に首を巡らせると、掲示板にへばりつくようにしている長身の背中があった。Ｆ組の女子がその背後から「右がちょっと下がってるー」とか注文をつけている。

なんなんだ、今日は各クラスの文化祭実行委員がいっせいに文化祭関連の掲示を貼りだしてる日なんだろうか。

雑に画鋲を留めて「これでいい？」と掲示板を離れようとしたが「待って待ってー。まだ曲がってる」と女子に引きとめられる。迷惑そうなオーラを露骨に発しつつも堪《こら》えて「これくらい？」と修正する。灰島《はいじま》のそんな姿に妙に感心するものがあり、黒羽は戸口でしばらくそれを眺めていた。

やっと仕事から解放され、取るものも取りあえずといった感じでエナメルバッグを担いだ灰島がこっちに気づいて顔をしかめた。

「なに突っ立ってんだよ。行くぞ」

肩で押されて一緒に廊下にでる。教室の中から「ありがとー灰島」と女子の声が追いかけてきた。「これから準備本格的になるで、またよろしくの。背ぇ高い男子いると助かるし」

灰島が肩越しに振り返り、ばっさりした口調で曰《いわ》く。

「先に言っとくけど、おれ文化祭はなにも協力できないよ。部活優先させてもらいたいから」

絶句している女子に黒羽は気遣いの目をやりつつ「ちょっ、灰島ー」とあとを追いかけた。

「おまえはまた、そーゆう……文化祭は原則全員参加やろ？」

「原則だろ？　別に参加しないのが当たり前とかは思ってないよ。だから筋通して断ったただろ、今。なんか割り振られる前に外しといてもらったほうがあとで迷惑かけないで済むだろ」純粋になにもわかってないような顔で言う灰島に、「あー……言い方。すべては言い方な……」と黒羽は天井を仰いで溜《た》め息《いき》をつくしかない。

灰島が転校してきたのは中二の一月だが、友人を作りにくい性格が災いして——バレーと関係ない友人を作りたいと本人が別に思っていないせいも多分にあり、中学ではクラスにほとんど馴染《なじ》まないまま卒業することになった。高校一年も半ばになり、さすがに灰島もクラスに溶け込むことができたんだなあと今しがたの光景を見て安心したんだが、結局なんら変化ないのやら……いやでも「迷惑かける」なんて語彙《ごい》が灰島の辞書に追加された点は進歩と言える、のか？

「まあ文化祭に関わってる暇なんてないかー。十一月まで試合続くんやもんな」

ぼやくように言ったが、黒羽も腹はくくっている。自分のクラスの実行委員にも早めに断っておいたほうがよさそうだ（もちろん灰島より角が立たない言い方で）。

隣を歩く灰島がじろっと睨《にら》んできた。なんかまたゆるいこと言ったかと黒羽はたじろぎ、

「あっ十一月ちゃうか。一月までずっと忙しいんやったな」

と慌てて訂正した。

今週末、いよいよ春高《はるこう》の県予選がスタートする。そこで残った二校によって、全国大会に送り込まれるただ一校を決める代表決定戦が行われるのが十一月。そして東京で行われる全国大会本戦が一月。

去年の清陰《せいいん》男子バレー部は——つまり今の主将の小田《おだ》たちが二年のときだが、予選の一回戦でストレート負けを喫し、三年が引退すると新人戦に出場できる人数を割ってしまうという有様だったので、それをもってその年の公式戦終了になったらしい。

だが、今年は。

「一月まで小田先輩と青木《あおき》先輩を引退さしてやれんな」

ニッと笑って言ったものの、灰島がなんだかじっとりした目でずっと見ているので今度はなにがまずかったんだと頬が引きつった。

灰島こそが自信満々で一月の本戦まで行く気でいるはずじゃないのか。おまえはもっとでかいこと考えろといつも黒羽のほうが発破をかけられているんだから、機嫌がよくなりこそすれ悪くなる道理はないと思うんだが。

「おまえが三村統《みむらすばる》とマッチアップするんだぞ」

声を低くして灰島がその名をだした。

「おまえをぶつけるしかないんだ。小田さんじゃ高さでぜんぜん勝てない……」視線を前方に戻し、なにか考え込むようにズボンのポケットに両手を突っ込んで独りごちる。

「思ってたより厄介だな、三村統……」

ここ七年連続で春高の出場権を独占している強豪、福蜂《ふくほう》工業高校。清陰が全国の切符を手に入れるための最大の、そして最後の壁として立ち塞《ふさ》がることになる。その福蜂のエースで主将が三年の三村統だ。

土曜に福蜂との練習試合があり、あけて今日は月曜だ。

練習試合では六セットやってちょうど三セットずつ取りあう結果になった。県の絶対王者と五分で渡りあったのだから、黒羽としては十分健闘したつもりでいたし、ちょっと自信もついた気がしている。

ところが灰島は満足するどころか警戒を募らせたようだ。この、自信と不遜《ふそん》と不敵が服を着て歩いてる灰島が……？

三村統は中学時代から県の有名人だったらしい。おまえもずっとバレー部だったくせになんで〝悪魔のバズーカ〟を知らないのかと先輩たちにまで総ツッコミを食らった。そんなこと言われたって、黒羽が本気でバレーと向きあったのは中二の三学期だ。二学年上の、違う中学の人のことなど知るわけがない。

なるほど、肩に担いだ大砲を撃ちだしてくるような威力のあのスパイクを〝悪魔のバズーカ〟とはよく喩《たと》えたものだと思う。ブロックについていようがわけのわからない破壊力でねじ込まれるという場面が何度もあった。

「そりゃまあすげぇ人やったけど……なんかこう、絶対勝てん、っちゅうほどの絶望的な差は感じんかったけどなあ」

土曜の試合を思いだしつつ言ったものの、口にしてからなんか怒られそうな気がした。思案げな顔のまま灰島はいったん黒羽の声を右から左へスルーしたが、Uターンして戻ってきた声が遅れて脳に到達したみたいに、急にくるっとこっちを向いた。

「……絶対勝てない、っていうほどの絶望的な差は感じなかった？」

一音ずつ強調して復唱してくる。確認されるとたいそう怯《ひる》んで「ほ、ほやな、もっと上手《うま》なってから言えっちゅう話やな？」と半笑いでごまかしたが、灰島は笑わない。眼《め》鏡《がね》の奥で細い瞳をより鋭くして黒羽の顔を見据えてくる。

「だったら、もっと上手くなって追いつけよ。十一月までに追いつけよ」

無茶なこと言うなと思ったが、真剣な——どこか切実にも聞こえる声が、なにかよくわからないけど、ずしんと胸に響いた。

「十一月のこと考えるんもいいけどな。まずは週末の予選突破やぞ」

苦笑まじりの声が背中にかけられた。

二人で向きあう形で振り返ると、男子バレー部の正副主将が顔を並べて立っていた。横じゃなくて縦に。主将の小田のちょうど頭一つ上に副主将の青木の顔がある。

「ちっす」

と黒羽と灰島は口を揃《そろ》えた。

「福蜂とやる前に三勝せなあかんのやぞ。途中でころっと足もと掬《すく》われるようなことがあったら、いい笑いもんや」

小田が苦笑を収めて言い、その頭の上から青木が続きを引き継ぐ。

「予選の一週間前なんて時期に、予選であたらん福蜂と練習試合組んだことは他の学校にも伝わってるやろしな。舐《な》めたことしやがってっちゅうて、どこもうちを潰《つぶ》しにかかってくるやろ」

しゃんと伸びた小田の姿勢に引きずられて黒羽も「はいっ」と背筋を伸ばした。「わかってます」と灰島も答えた。

「よし。一秒でも練習時間惜しいときや」

小田が左右の手で黒羽と灰島の肩を押して前を向かせる。小田と青木の三十センチ差には及ばないが黒羽、灰島ともに小田とは二十センチ前後の身長差があるので、小田のほぼ目線の高さに二人の肩の位置が来る。

「ありがとうな、黒羽」

ふと柔らかい声になって小田が言った。

「はい？」

目をぱちくりさせて黒羽は肩越しに見える小田の頭に訊き返した。

「一月まで、おれをまだ主将でいさしてくれ」

身長のわりには大きな小田の手のひらから熱が伝わってきて、じんわりと肩が温かくなる。照れくさくなって「聞いてたんならもっとはよ声かけてくださいよ……。立ち聞きは趣味悪いですよ」と文句を言ったが、心地のいいむず痒《がゆ》さだった。「悪いな、立ち聞きはおれの趣味や」悪いと言いつつ悪びれたふうもなく青木が言った。

と、灰島がついと肩を引いて小田の手から離れた。

「小田さん」

「ん？　どした……」

小田が戸惑い気味に灰島を見た。むすっとした顔で灰島は一度視線を逃がしたが、次にはまっすぐ小田の顔に視線を据え、気のおけない空気を一瞬にして凍りつかせることを——ついさっき小田をよろこばせた黒羽の言葉を、一瞬にして台無しにすることを言い放ったのだった。

「福蜂戦、小田さんに外れてもらいたいです」

＊

清陰高校男子バレー部の今年度の部員は八名。ぎりぎりで公式戦の出場校としての体裁を維持している。

三年が二人で、主将の小田伸一郎《しんいちろう》と副主将の青木操《みさお》。

二年が一番大所帯で四人。棺野秋人《かんのあきと》、内村直泰《うちむらなおやす》、外尾一馬《ほかおかずま》、大隈優介《おおくまゆうすけ》。

一年がまた二人で、黒羽祐仁と灰島公誓《きみちか》。

前衛サイドや後衛からの威力のあるスパイクを得意とするウイングスパイカーのポジションを担うのが小田、棺野、黒羽。特に長身の選手が配されるミドルブロッカーが青木、大隈。司令塔であるセッターのポジションに君臨するのが灰島。後衛で守備を専門とするリベロが外尾——基本的にはこの七人で入れ替わりながらコートの中をまわしていく。

スタメンからこぼれるのは内村のみ。選手として突出した特徴はないものの、誰かが交代しなくちゃいけなくなったときにどこのポジションもこなせる内村がベンチにいてくれる安心感は、コートの中のメンバーにとって決して小さいものではない。

「おれが小田先輩のかわりをやるんですか!?」

灰島の提案は、その内村本人を一番狼狽《ろうばい》させた。

みんな着替えて体育館に集まったところだが、練習の準備に手をつけるどころではない空気だった。なにより青木と灰島のあいだに漂う険悪さが半端ない。

「戦略として当たり前だけど、福蜂は小田さんの上を狙って打ってきてました。次やるときはもっと確実に計算されて狙われます。全国レベルの高さが揃ってる福蜂相手に小田さんを前に置いとくのはきついです」

「それをなんとかするんがおまえの仕事やないんか。なんのためにその不貞不貞《ふてぶて》しい面《つら》をコートの真ん中に据えてると思ってるんや」

「攻撃はいくらでもやりようがあります。全員文句言わずにおれが言うこと全部やってくれる気があるなら、点を取る方法はおれがなんだって考えるし、実行します。けど、ブロックの物理的な低さはおれにはどうにもできないです」

「そんなもん初めから見りゃわかることやろ。うちの欠点も利点もわかってて、おまえはうちを全国まで勝ちあがらせる自信あるっちゅうてたんやないんか。今さら小田を外さんと勝てんやと？」

二人のやりとりを聞いている他の部員のほうが心に槍《やり》を突き刺されたみたいな顔で突っ立っていた。こういうときこそ茶々を入れたがる大隈ですらおれは知らんって顔で気配を潜めているのが忌々《いまいま》しい。

灰島という人間は自己を評するにも他者を評するにも剝《む》きだしの言葉しか使えない。いかんせん〝言い方〟に配慮がないせいでいらない反感を買ってしょっちゅう摩擦を起こす。しかし青木まで……青木のほうはもっと違う言い方ができるはずじゃないのか。

いつもは控えの内村を小田と入れ替える、というのが灰島の提案だった。

小田が一六三センチで、内村が一七五センチ。ただし小田には跳躍力という武器がある。特に助走をつけたスパイクジャンプとなれば小田のほうが最高到達点が高い。だがブロックジャンプについては、そこまで跳躍力の利点は影響しない。最初から履いている十二センチの下駄《げた》はやはり大きい。様々なスポーツの中でも、おそらくとりわけバレーボールは身長の要素がストレートに効いてくる——やるせないくらい、ストレートに。

「ちょ、ちょ、ちょっと待ってくれ。ほやかって小田先輩抜けて攻撃力落ちたら本末転倒やろ？」

やっとという感じで口を挟んだのが、針のむしろに突然放りあげられることになった内村だった。

「攻撃力はおれがカバーします」

灰島が不遜に断言し、蔑《さげす》みの目で内村を見た。

「試合でられるチャンスが鼻先にぶら下がってるのに、なんで摑まないんですか。内村さんは去年はスタメンだったんですよね。それが一年にスタメン譲って、よく平気でベンチあったためてられますね」

内村が絶句したばかりか、その暴言には全員が息を呑《の》んだ。

「やれる限りのことなんでもやってスタメン奪い返すくらいの気がありますか。あるんだったら、おれもやれる限りのことします。やるだけやっても足りなかったら、そのぶんはおれが全力で埋めます」

張らなくてもよく通る性質の灰島の声が空気に波紋を広げて消えると、しんと場が静まり返る。一人一人を貫くように灰島の視線が部員たちの顔を舐め、小田に向けられた。議題のもう一人の当事者である小田は議論を部員たちに預け、やはり多少なりとショックを受けた様子でずっと黙っていた。

「小田さんは、前おれに言いましたよね。一日でも、一秒でも長くバレーをしてたいって……そのためにおれの力を借りたいって。それは自分がコートに入ってなくても、チームとしてってことですか。それとも自分の枠が保証された前提で言ったんですか」

小田が目を見開き、答えに詰まったように一瞬開きかけた口を結んだ。

いい意味でも、残念ながらそれ以上に悪い意味でも率直すぎる灰島の言葉が、すべての者から声を奪う。加減を知らないまっすぐさが、人の心に届くどころか、貫いて傷つける。

なにか言わなきゃいけないと黒羽は声をだそうとしては、喉になにかの塊が詰まったような感覚に見舞われていた。自分が刺し貫かれたように感じてみぞおちに拳を押しあてる。何度目か、異物感に喉を塞がれて口を閉じたとき、

「あの」

と肩の高さに挙手する者があった。

棺野だった。Tシャツに短パンやハーフパンツ姿の部員たちの中で一人だけ長袖長ズボンのジャージ姿だ。エアコンのない体育館は九月に入っても快適さとはほど遠い。アップ前からすでに全員汗を滲《にじ》ませていたが、棺野だけはさらっとした顔をしている。

「内村と黒羽を入れ替えたパターンは想定してるけど、内村と小田先輩を入れ替えたんはあんまりやってえんですよね。今はできることの完成度高めるべきやと思いますけど。ただでさえうちは自粛あってスタートで出遅れてるんやし」

「それはわかってます。おれは福蜂戦のこと言ってます。決勝までは二ヶ月あるから間にあいます」

「ほやったら、これは今言わんでもいいことやったんやないか、灰島。五日後に予選控えて、今みんなを混乱さす必要はなかったやろ。小田先輩を外すっちゅうんは、物理的な戦力の問題だけやなくて、精神的な柱を外すっちゅうことやと思うんやけど」

青木のように厳しい論調で反撃したわけではなかった。しかし灰島がカウンターを食らったような顔をし、初めて即座に応戦する言葉を失った。

棺野は部員の中で一番口数が少なく、たいていひっそりと控えめにしている人物だ。穏和な性格で、灰島と衝突したことも黒羽の記憶では一度もない。しかしなにかあったときに二年をまとめてはっきりした意見を言うのが棺野でもある。灰島も棺野には案外一目置いているところがあった。

「……でも……予選でも試したほうがいいです……」

急に人が変わったように床に向かってぼそぼそ言いはじめた灰島の声を食って、

「いいこと考えたわ。ほんなら多数決にしたらどぉや？　民主主義っちゅうやつで」

と、大隈がでかい声で言って場の中央にのしのしとでてきた。

「主将と内村には議決権はなしっちゅうことで、あとの六人で投票な」

「多数決って、あほけ、そんなもんで決めることじゃ……」

小田が慌てて言いかけたが、

「反対に一票。小田を外すんは論外や」

青木が真っ先に大隈に乗った。「青木っ」小田が目を剝いたが青木は知らん顔をして他の部員にじろりと視線を流す。大隈が太い首を竦《すく》めて「あー、ほんならおれも副主将側に一票」と青木のほうに一歩寄った。

「おれも、今すぐ小田先輩を下げるんは反対です」

「えーと……おれもです。福蜂戦で内村の力も必要なんは同意やけど」

棺野、外尾の順でそれに続く。「おまえらっ……」議決権を与えられなかった小田と内村が困惑した顔を左右に振り向ける。ちょうど小田と内村はコートの枠の外にいて、広いほうのバックゾーンに青木以下四人が、狭いほうのフロントゾーンに灰島が、アタックラインを挟んで相対する形になっていた。一人きりでフロントゾーンを守る灰島が、アタックラインの向こうに並んだ四倍の数の足を睨んで下唇を嚙《か》みしめた。

「あとはおまえやぞ、黒羽」

「へっ？」

青木に突然振られて黒羽はひっくり返った声をだした。

「えっ、ええっと、おれは……」

「相変わらず優柔不断な奴やな」

「ほ、ほーゆうんでなくて……」

なんだってこんなちっちゃい所帯の部内で派閥争いみたいなことが起こってるんだ……？　青木と灰島の関係には最初から危なっかしいものはあった。初対面の時点で灰島が例によって人を怒らせる発言をぶっ放し、青木に制裁を加えられたらしいし。しかし今は小田を挟んでいいバランスを保っていたはずだ。

「まあおまえが入れんでも、四対一でもう決まってるけどな」

全方向に向かって灰島があまりに無防備に放出した刃《やいば》が、人を貫いたあとで一八〇度方向を変えて、灰島自身にその切っ先を向ける。切っ先がぎらりと光り、自分の言葉で灰島を刺し貫く。そんな光景が脳裏をよぎったとき、

「い、入れますって！」

と、結論を下そうとする青木を黒羽は大声で遮《さえぎ》った。

「小田先輩、すいません！」

顔の前で手をあわせて小田に謝ってから、だんっと大きく一歩のジャンプでフロントゾーンに飛び込んだ。灰島自身を貫かんとする灰島の刃を、自分の身を楯《たて》にして打ち払うようなつもりで。

灰島の横に立って青木らと対する。見えない刃が乾いた音を響かせてまわりの床に散らばった。視界の端で灰島が驚いたように目をあげた。

「場合によっちゃ学年で重みつけようと思ったけど、その必要もまったくないな。結果は変わらんけど、黒羽、いいんやな」

「い……いい、です」

内心かなりびくつきながらも虚勢を張って答える。まさか少数派にペナルティでも科すつもりじゃないだろうな……やりかねないぞこの人……。

「ほんならわしも一年坊どもに一票やなぁ」

と、そのとき予想だにしなかったところから声があがった。

壁際のパイプ椅子に三つにたたまれて乗っていた魚の干物が、もとい我が部の顧問が、肉のついていない尻を椅子にちょこんと据え、干からびた唇にうすら笑いを浮かべて一連の騒動を眺めていた。すっかり忘れてた、いたのを。だってこの老顧問が能動的に動くことなんてないのだ。

「年功序列で重みづけするんやったら、わしの票はおまえら二、三年の何倍になるんかの、青木？」

「は？　い、いえ……先生、本気ですか」

あの青木がとっさに切り返せずに顔を引きつらせた。

「小田ぁ。しゃんとせんかぁ。主将はおまえやろが」

言った本人がぜんぜんしゃんとしてなかったがそれで小田が「す、すいませんっ」とはっとなり、若干無理に作ったような声ながら、いつもどおりにみんなに向かって凜々《りり》しい声で言った。

「多数決で決める問題やない。この件はおれと先生で話しあう。灰島の意見もようわかるで考慮する。内村の考えも聞くであとで来てくれ。青木も、それでいいな」

確認の形ながら文句は受けつけないといった感じで、青木も「おまえが主将や」と引き下がった。納得はしていなそうだったが。

「黒羽」

次に小田に呼ばれて黒羽は思わず気をつけをしてから、

「……はい、すいません……」

と肩を落とした。

一月まで引退させせない。そう明言した矢先に、小田を除外するような選択を支持してしまった。

「そうやない。おまえはそれでいいんや。おれがもっと早くとめるべきやった」

議論がはじまってからずっと強張《こわば》っていた頬を小田がようやくすこしやわらげた。そしてまたすこし表情を硬くし、灰島に顔を向ける。

「灰島。さっきの答え、保留にさせてくれ。ちゃんと答える言葉が今すぐは見つからん。おまえになにもごまかす気はない。おれ自身も納得いくように、ちゃんと答えたいで」

誰に対してもそうではあるが、灰島に対する小田の態度はいつも特に誠実であるように思う。容易な覚悟では灰島の信頼を勝ち得ることはできないと、たぶん知っているからら。それでもやはりショックはショックだったのだろう。すぐに視線を外して、

「時間割り込んでもた。急いでネット張るぞ!」

と他の部員に呼びかけ、けっこうな全力のダッシュで自ら率先して用具室に走っていった。

部員たちが準備に散る。自分たち一年が率先して働かねばならないのだが、緊張感が切れるのと同時に足から力が抜けそうになって黒羽は動けなかった。

「はは、ちょっと膝笑ってるわ」

冗談めかして言ったら声も掠《かす》れていた。笑いを引っ込めて厳《いか》めしい顔を作り、

「ったく、このあほが。青木先輩に逆らうのマジで死ぬほど怖いんやで、あんまし面倒

かけん……」

灰島を振り返ったところで言葉を切った。

糸が切れたみたいに灰島がかくんと下を向き、腹の前で両手の指先をいじっていた。オーバーハンドのトスで最重要の役割を担う指――両手の親指、人差し指、中指の爪から第二関節にかけて今日もテーピングがきつくされている。爪が剝《は》がれやすい体質からプレー前に必ずするようになったらしいが、六本の指のテーピングは今では灰島のバレースタイルのトレードマークになっている。

「……おれ……、別、に……」

と、言い訳っぽいことを唇の先でぼそっと漏らし、左手の人差し指のテーピングの角を前歯で嚙んだ。バレーをするためだけに特化されたようなその手は、ボールを持っていないとなにか大事なものを落としてきた子どもみたいな拙《つたな》いことをするときがある。

あえて聞こえるように黒羽は強めの溜め息をつき、灰島の頭に手を乗せてぐしゃっとした。灰島の肩が一瞬びくっとし、首がもげ落ちるんじゃないかというほどさらに頭が低くなる。

「……この、あほ」

としか言えなかった。

2. CHILDHOOD FRIEND

翌日の昼休み。チャイムが鳴るなり廊下に溢《あふ》れだしてきてひとときの解放感を満喫する生徒たちを「すいませんっ」とサイドステップでかわして黒羽は二年E組の教室へ急いだ。

「あっ、内村先輩！」

ちょうど教室からでてきた内村を捕まえることに成功した。

「黒羽？　どしたんや、こんなとこで」

自分と同様に部活用のバッグを担いでいるのを見て、昼練に向かうところだったんだと安堵《あんど》した。根拠があったわけではないが内村は昼練を休むんじゃないかとうっすら不安だったのだ。昨日は相当に悲愴《ひそうかん》感を漂わせていた内村だが、今日は一応顔色が戻っていた。

「昼練行くんやろ」

「あっはい、えーと、はい……」

歯切れの悪い返事をしてきょろきょろと周囲に目を走らせる。二年の教室が並ぶ廊下なのでまわりを行き交うのは上級生ばかりだ。「その前にちょっと話が……」言いかけたとき、D組の戸口に外尾の姿が見えたのでぎくっとした。

幸い外尾はこっちに来る前に棺野がいるC組の戸口に首を突っ込んだ。二年の男バレ部員はB組に大隈、C組に棺野、D組に外尾、E組に内村という具合に四人がちょうどばらけている。

「ははあ。他の二年に見つかりたないっちゅうことけ」

内村が肩を竦め、

「ま、いいわ。来いや」

と、すぐ隣のF組に入っていった。なんでF組？　と戸惑いつつも黒羽はそれに従った。戸口をくぐる前に廊下の先を確認すると、外尾はA組のほうから来た背の高い女子と立ち話をはじめていた。女子バレー部二年の末森《すえもり》という先輩だ。

「ちょっと匿《かくま》ってくれんか」

窓際で机をくっつけて弁当を食べようとしていたF組の女子グループに内村が親しげに話しかけた。

「なになに？　なんか事件か？　修羅場《しゅらば》？」

あきらかに面白がっている反応をしてその中の一人が「おー。いっかい（大きい）」と黒羽にも興味を示した。「直泰《ナオ》よりぜんぜんいっけぇのぉ。男バレ？　一年？」「ハ、ハイ」「照れてるー。かわいー」グループ内の女子たちに囃《はや》されて顔が熱くなる。女子グループは女子グループでも女子運動部の集団とは属するカテゴリが違うというかなんというか、みんな髪が長くてうっすらと化粧をしていて、なんかおとなっぽい。

「かわいいやろ。うちの期待のエースや」

さらっと言って内村が窓の下に腰をおろした。黒羽もあたふたと机を大まわりして内村の隣に座り、バッグを脚のあいだに抱え込んだ。〝事件〟に荷担する気満々らしく女子たちがわざとらしいくらい声を高くして話しはじめたので二人の気配は机の陰にうまく隠された。

正面を向いていると机の下で組んでいる女子の脚をガン見してしまうので目のやり場に困って顔を伏せ、

「あのー……あの話ってどうなったんですか」

と切りだした。

まさかの部内派閥争いが勃発してから一夜明けたが、朝練のときには小田からそれについての話はでなかった。練習に漂っていた普段と違う緊張感は大会直前の気合いによるものなのか、誰もが小田から話があるのを待っていたからなのか……たぶんどっちも混ざっていたのだろう。

「灰島の案は、やっぱ容《い》れんっちゅうことなんすかね……」

「からあげ食べるか？　一年エース」

と、いきなり鼻先にフォークを突きだされた。ぎょっとして顔を引いたが「ほら、食べね。育ち盛り」とぐいぐい突きつけてくるので端っこをくわえてフォークから抜き取ったら「あはは。食べた食べた」水族館でアザラシに餌やった的なよろこばれ方した。赤面してもぐもぐ嚙みしだく。

「はい、次ナオ」

と内村にも餌が差し向けられる。「なんや、おれはブロッコリーけ」不満を言いつつ内村が首を伸ばしてぱくりとそれを食べた。慣れてるな……もしかしてつきあってる……？　七月の夏合宿の時点では誰もいないような雰囲気だったのに、あのあと一ヶ月の活動自粛を食らってるあいだにまさかそんな浮ついたコトに及んでたとか……ついじっとりした目を向けていたら内村のほうもこっちに目をよこし、

「つまり二年はみんな青木先輩側やで、こっそりおれに根まわしに来たわけか」

「根まわし、とかやないですけど……。ただ、その……灰島が言ったように、やれる限りのことやってみるっちゅう気は、内村先輩にはないんですか……？」

「天才っちゅうんは、自分は特別なことしてるわけやない、自分ができるんやで努力次第で誰だってできる、っていうようなことをよう言うげな。テレビのドキュメンタリーやなんか見てて思うんやけどな」

急にはじまった話の意図がいまいちわからず「はあ……そーですかね？」と黒羽は首

をひねる。

「できるかっちゅうんじゃ」

吐き捨てるように内村が言った。

「謙遜《けんそん》して言ってるんかもしれんけど、それが天才の傲《おご》りや。限界まで自分を絞りだせるんが、そもそも特別な才能なんや。それがわからんと、誰でも努力できると思って高い要求するで、灰島はめんどくさがられるんじゃ」

厳しい指摘に心臓がちくりとした。立てた膝にだらりと腕を乗せ、前を向いて内村が冷ややかな溜め息をつく。

「神妙に聞いてるけどな、おまえにかってわからんわ。おまえまだ、やればやっただけ伸びる感覚やろ。ほやでおれにやれる限りのことやってみる気はないんかなんちゅう図々しいこと言いに来れたんやろしな」

「ず……」図々しいって……言い返したいことがないでもなかったが、図星のような気もして言葉に詰まった。チームの中では言ってしまえば〝普通〟の内村が、こんなふうに的確に黒羽の評価や灰島の分析をしていたとは思わなかった——〝普通〟の内村の目線だからこそ、なのかもしれない。

「ま、おまえはメンタルに関しちゃ凡人やで話しやすくていいけどな。灰島には一生わからんくてもしゃあないけど、おまえのほうはちょっと頭に入れとけや。小田先輩の保護なくなったら、あいつをフォローするんはおまえしかえんのやでな。あいつ、あの感じのまんまやとよそ行ったら潰されるぞ」

「お、おれかって一生あいつのフォローする気はないですって。目の前で危なっかしいことばっかやらかされるで、ついですよ、つい」

口を尖《とが》らせて言い返したが「ふーん。ほうけ」と含み笑いをするだけで内村が取りあってくれないので不本意である。しかし突き放すような口調がやわらいで、いつもの内村に戻っていた。

「誰もやらんとは言ってえん。みんなの前でああまで言われたらさすがに意地にもなるわ。ほやしおれかって小田先輩と同じで、おまえら二人はかわいいんやぞ。有望すぎる一年潰すような真似《まね》はせん」

そう言った横顔には、優しくて楽しい〝控え〟の先輩というだけではない、一年分の経験値の差を感じるような頼もしさがあった。

「さて、そろそろ安全やろ」

廊下のほうを確認して内村が腰をあげた。「ほんじゃあな。協力さんきゅー」女子たちに礼を言ってバッグを担ぐ内村に黒羽も倣《なら》った。「だんねってー。(いいよ)またなんかあったら来なよー」と女子たちは最後まで単に面白がっていた。

「ほや。ほれとおまえいらん想像してるかもしれんけど」

と、教室の戸口で思いだしたように内村が振り返り、

「今のはただの同中《おなちゅう》の奴やぞ。おまえのせいで食らった自粛中に呑気《のんき》に遊んでたわけないやろが」

「う……すいません……」

黒羽を恐縮させておき、前を向いて廊下にでてから、

「まあ中学んときの元カノやけどな」

ぽろっと白状していった。

……まじか⁉　思わず黒羽は教室の中を振り返ってから、平然と先に行ってしまう内村を追いかけた。

くそ、なんだかんだで二年はやることやってる人多いんじゃないか？　外尾もさっき女バレの先輩と話してたし……でもあの先輩は棺野のほうとなにかあるんじゃなかっただろうか。同志は大隈だけか。今度から大隈にもうちょっと優しくしよう。

「時差つけて体育館行ったほうがいいやろな。おれが先行くでおまえ一分遅れで……」

話しながら階段の踊り場を折れたところで内村が「ん？」と足をとめた。「灰島やげ。おーい、どこ行くんや」

一階の廊下をちょうど灰島が横切っていったのだ。呼ばれた灰島が急ブレーキをかけてこちらを振り仰ぎ、二人が連れ立っているのを見て訝《いぶか》しげな顔をした。

「あっこれはやな、今たまたま会って」

余計な世話を焼いていたと知られたらつむじを曲げられそうだ。慌てて取り繕《つくろ》おうとして、

「……どした？　昼練は？」

自分がいないあいだにまたなにか揉《も》めたんじゃないだろうなと肝が冷えた。体育館の方向から来たし練習着姿だから練習を抜けてきたのだろう。ただ眼鏡はかけている。灰島の視力は〇・〇一という黒羽には未知の領域である。眼鏡でプレーするのは危険なので部活のときはコンタクトレンズを装着するが、朝練と昼練はたいてい眼鏡のままでやっている。体質的に一日のコンタクトレンズの装着可能時間に限界があるんだとか……戦える時間が決まってる戦闘ロボットみたいだな。いろいろ難儀な奴だなとつくづく思う。

「なんか家から電話だって」

「家から？　学校に？　ケータイやなくてか？」

「電池切れてた」

「またけ。充電しろっちゅの」

黒羽は内村に目で問いかけた。

「時差つけるんにちょうどいいし、一緒に行ってこいや」

と内村に促されて頷《うなず》き、灰島に同行して職員室に足を向けた。

家から電話とのことだったが、職員室でかけなおすように言われた連絡先は紋代《もんしろ》町《ちょう》の隣市の病院だった。灰島が心持ち強張った顔でプッシュボタンを押すのを黒羽は隣で見守った。

すぐに灰島の祖父と連絡がついた。灰島の祖母が転倒して腰を打ち、病院に担ぎ込まれたということのようだった。数日入院することになったが、ひとまず思ったほどの大《おお》事《ごと》ではなかった。受話器を固く握りしめていた灰島の手から力が抜けた。

「……え？　なんで？　おれもそっち行くって……そりゃ部活だけど……え？　黒羽？」

ぼそぼそ話す灰島の口から急に自分の名前がでたので黒羽はきょとんとした。灰島が受話器を耳から離し、眉根を寄せてこっちを見た。

「おまえんちに帰れって。今日」

*

清陰高校がある七符《ななふ》市から、県庁所在地の福井市とは逆方向――つまりより辺鄙《へんぴ》なほうへとローカル線で二十五分。鈴無《すずむ》市をまたいだ先にあるのが、黒羽と灰島の家がある紋代町だ。ちなみに棺野も同じ出身で、紋代中学校の先輩にあたる。

山と田んぼと畑があるだけでバカみたいに広大なこの町の大地主が黒羽家である。その本家の敷地もまただだっ広く、任侠《にんきよう》ドラマにでてくる〝組の本部〟を彷彿《ほうふつ》とさせる切妻《きりづま》屋根の門構えと高い漆喰《しつくい》の塀に囲われている。組の子分が中腰でずらりと並んで「おかえりなさいやせ」と出迎えてもおかしくなさそうな白砂利の前庭があり、その突きあたりにどっしりとした平屋の屋敷が構えている。そうそう忘れてはいけない。枯山水《かれさんすい》の庭と錦鯉《にしきごい》を飼っている池も当然のようにある。当代の趣味だ。ただドーベルマンは飼っていない。

当代の孫であり、一族の嫡流の一粒種が、黒羽祐仁。高校一年生。今のところは任侠の道に進む予定もなくバレーボール漬けの日々を送っている。

当代を上座に据え、当代の長男であり黒羽から見て父、祖母、母、おまけに叔父叔母たちまで今日は何故《なぜ》か夕食に呼ばれていて座敷は賑《にぎ》やかだった。

そして一族以外に今夜は客が二人。

「公誓くんは公信《きみのぶ》くんによう似てきましたのぉ」

「いやいや。これが中身は早百合《さゆり》そっくりで、頑固もんでしての」

「いやいや。同い年やのにうちの祐仁よりしっかりしてなるように見えますわ。誰に似たんか祐仁はのんびり屋やでぇ」

「いやいやいやいや。坊ちゃんはお優しなって、本当にいい少年に成長しなすった。坊ちゃんを頼って公誓はこっちに戻ってくる気ぃになったようなもんで」

「いやいやいや。祐仁がバレーボールに傾注《けいちゅう》してるんは公誓くんの影響やそうやないですか。ひとかどの選手やっちゅうふうに聞いてます。先が楽しみですの」

上座で語らうじいさん二人の酒の肴《さかな》にされ、孫二人はこれ以上なく居心地の悪い顔をぶら下げて下座で飯を食うことに専念していた。「頼ってねえし」箸をくわえたまま灰島がもそっと呟《つぶや》いた。「そこは頼っとけや、おぇ」

部活を終えて帰ってくると八時半を過ぎるため、おとなたちにはとっくに酒が入っていた。二人は制服姿のまま座敷に直行して座らされるはめになった。

黒羽と灰島の祖父は互いの趣味の将棋で親交を深めていたが、あるときから灰島の祖父が黒羽家を訪ねてくることがなくなった。当時の黒羽は幼かったので事情を知らなかったが、それは灰島の母が——つまり灰島の祖父にとっては娘が病気で亡くなった頃だった。黒羽の祖父のほうも声をかけるのを控えていたようだ。

ひさしぶりに旧友を招くきっかけができ、普段は巌《いわお》のごとき渋面で上座に君臨して魚の食べ方とか箸の使い方とかおかずを取る順番にまで睨みをきかせて家族に緊張を強《し》いている祖父が今夜に限っては上機嫌だった。物静かな人だった印象がある灰島の祖父も、酒のせいもあるのか今夜は朗らかによく喋《しゃべ》る。

「祐仁。灰島も、あんたたち明日も早いんやろ。おじいちゃんたちにつきあわんでいいで、二人とも食べたらお風呂入んねって、伯母さんが」

　追加の徳利を運んできた従姉妹《いとこ》が二人の頭の上で囁《ささや》いていった。同い年の従姉妹で、ややこしいのか覚えやすいのか名前も紘子《いとこ》という。「おう。おまえも来てたんけ」てきぱきと立ち働く紘子の背に声を投げてから、灰島と互いにほっとした顔を見あわせた。

　飯の残りを掻《か》き込むと「ごちそーさんでした！」「ごちそーさまです」二人同時に箸を置いて立ちあがった。

「風呂先入るけ？」

「おまえんちの風呂やなんだよな。なんか怖かった憶《おぼ》えある」

「ぷっ……怖かったって」

　座敷をでて話しながら歩きはじめたとき、

「公誓」

　と、灰島のじいさんが襖《ふすま》から顔をだして呼びとめた。

「じいちゃんはもちっとしたら帰るけど、おまえは日曜までお世話んなりね。ほーゆうことになってるで」

「そーゆうことって……」灰島がこっちをちらと見てからじいさんに目を戻し、「じゃあおれも帰るよ。帰ってもじいちゃん一人だろ」

「じいちゃん一人んことやったらなんとでもなるけど、じいちゃんじゃ弁当もこさえれんし、おまえの用意までしてやれんでの。ほやったら坊ちゃんのもあるしっちゅうことで、本家の奥さんが言ってくだすったんや。ばあちゃんもほうしてもらえたら安心して養生できるし」

「やってくれなくていいよ別に。東京にいたときは全部自分で」

「公誓」

納得しがたい顔の灰島に言い聞かせるように声色がすこし厳しくなった。

「大事な大会があるんやろ。これはの、公信くんに頼まれてることなんや」

「親父が……？　なにか言ったの……？」

灰島が軽く目をみはる。じいさんが襖を閉めて板の間にでてきた。酔っ払って上機嫌になっているように見えたが、羽目を外してはいなかったようだ。黒羽の記憶にあるとおり物静かで生真面目な話し方をする老人だった。

「東京からおまえを送ってきたときやったな……もうおととしの年末になるんやったか。おまえのことをようく頼むっちゅうて、じいちゃんとばあちゃんに頭下げてったんや」

＊

黒羽、と襖の向こうで呼ぶ声がした。布団の上で大の字になってうつらうつらしていた黒羽は「ん？　おー」と返事をして上体を起こした。襖がするりとあくとTシャツの肩にバスタオルをかけた灰島が立っていた。ちゃんと拭いていない髪から滴る水滴で眼鏡の縁が光っている。

「入れや」

気軽に言ってから、この部屋に灰島が入ってくるのなんて何年ぶりだろうと不思議な気分になる。「何年ぶりだっけ、この部屋入るの。ここおまえの部屋になったんだ」まったく同じ感想を灰島が口にした。

「なんか風呂違くね？　あんな普通の風呂だったっけ」

「水まわりはリフォームしたでな。便所にウォシュレットもついたんやぞ」

「客間広すぎて落ち着かないんだよ」

部屋の中を見まわしながら入ってきて、布団の端にあぐらをかいた。

じいちゃんの将棋仲間のじいさんが家に来るとき、ときどき黒羽と同い年の男の子を連れてきた。五歳とか六歳とかの頃の話だから、あらためて数えるともう十年前になるのかと驚く。じいさんの苗字《みょうじ》は灰島ではなかったし、当時の黒羽はその子のフルネームも知らなかった。ただ〝チカ〟とだけ呼んでいた。あとで知ったところでは〝チカ〟は両親とともに鈴無市に住んでいたが、母親が病気がちだったため頻繁に紋代町の母方の実家に預けられていたらしい。

縁側で対局を楽しむ自分のじいさんの背中をじっと見つめているだけで人形みたいに動かない男の子に黒羽から話しかけて、一緒に遊ぶようになったんだったと思う。いつも対局がひと区切りして灰島のじいさんが帰るまでが孫二人に許された遊び時間だった。塀の外までは行かないように言われていたが、こっそり塀を越えて遊びに行って川に嵌《は》まったり木から落ちたりして怒られたものだ。

今の黒羽の部屋もその頃は誰の部屋でもなかった。遊び疲れてここで寝てしまい、いつの間にか母が布団をかけてくれていた。

肌寒くなってきた空気が縁側から染み入ってくる夕暮れどきだった。まだ今ほど不貞不貞しくはなかった〝チカ〟の素朴な寝顔に夕陽《ゆうひ》があたり、薄い磨《す》りガラスの内側で蠟《ろう》燭《そく》を灯したみたいにふんわりとした暖色に染まっていた。夕陽に焼かれた畳の匂いや、庭から漂ってくる金木犀《きんもくせい》の香り……嗅覚までをもともなって古い記憶が掘り起こされる。十年前の風景が、目の前で触れられそうなくらい鮮明に灰島のまわりに広がっていく。

東京から帰ってきた当初の灰島には正直言っていっさい好感を持てなかったし、〝チカ〟とは切り離された別の人間としてあらためてつきあいはじめたつもりだ——なのに、不思議だった。

ぷつっ、とレコードの針を浮かせたようなかすかな雑音がして記憶の再生が終わった。灰島がくっついていた唇を開く音だった。

「……親父が、後悔してたっていうのが……なんか……」

不貞腐《ふてくさ》れたような口ぶりで話しだしたところで、なんか、の続きをうまく表現できなくなったようで言葉が途切れる。灰島はとりわけ気持ちを表現する言葉を持っていない。

難儀な奴だなとしみじみ思って溜め息をついてから、

「っておまえ、まさかおれに相談事に来たんけ⁉」

はたとそれに思い至って素《す》っ頓狂《とんきょう》な声がでた。

灰島が、人に、悩み相談⁉　それでわざわざ客間が落ち着かないとかいう言い訳つけて来た⁉　明日の地球は無事か⁉　勝山《かっちゃま》の恐竜博物館の化石が暴れだすんじゃないか⁉

うなだれている灰島の肩からむっとしたオーラが立ちのぼった。言葉では言い表せないくせに灰島の感情っていうのはわりとわかりやすく灰島のまわりに纏《まと》いつく。「いい」と尻を浮かせたので黒羽は慌てて腕を摑んで「すまんすまんすまん、茶々入れるつもりやなくて」と再び布団に尻を押しつけさせた。

黒羽も布団の上で灰島と向かいあって何故か正座で座りなおした。

「さっきの、じいさんの話やろ？」

こくっと灰島が頷く。

ひさしぶりに一局どうかという黒羽の祖父の誘いを丁重に断り、灰島の祖父はすこし前に一人で帰宅した。連れあいが患っているのだし、家で静かに過ごして明日は朝から病院に行くとのことだ。先立たれた娘の忘れ形見である孫だけを黒羽家に預けていった。

二年前、中学二年の年末——灰島父子が福井に帰郷した。父のほうは息子を送ってきただけで年があけると東京に戻ったそうだ。灰島の父は灰島に言わせると〝自分とそっくり〟らしいので、おそらく感情表現が達者な人ではないのだろうと想像できる。その父が、灰島がいないところで亡き妻の両親に心情を語ったのだそうだ。

バレーボールに夢中になっている息子に、男手一つでは十分なことをしてやれなかったという後悔を父は抱えていたらしかった。中高生のうちは行き届いた家庭で部活に没頭させてやりたいという思いもあって息子一人を福井に預けることを決めたようである。

けれどなにより大きかったのが、中学であんなことが起こる前に、息子が抱えている問題に気づくことができなかった自分自身への後悔。

灰島は東京でバレーの強豪の私立中学に通っていたが、チームメイトとのあいだに起こったトラブルがきっかけで一時期いじめに遭い、紋代中に転校してくる前は不登校にまでなっていた。

「爽太《そうた》に言ったことも哲人《てつと》たちに言ったことも、おれは間違ってたとは思ってない。それを親父が後悔してたっていうのが……なんか……」

なんか、でまた詰まる。両の足の裏をあわせて足先を両手で摑む。

つまり不満なんだなと黒羽は理解した。息子のほうが間違っていたと思ったがゆえに父は自分の至らなさを悔いたのだろうから。

「おれは誰でもわかるはずの評価して、勝つための一番いい方法を言ったんだし……だってそれが小田さんに春高のコートに立ってもらう最善の選択肢、なんだし……」

……ん？　東京のチームメイトの話から昨日の話にいきなり繋《つな》がってきた。

やはり昨日のことがけっこうこたえていたのだろう。

「そんくらいはみんなわかってんや。小田先輩ももちろんわかってたと思う。バレーに関するおまえの評価は、他の誰が言うんより信用できる……みんなそれは、わかってんや」

だからこそ、灰島に評価されることはきついのだ。甘い自己評価でなあなあにしてきた自分の中途半端な覚悟を白日《はくじつ》に晒《さら》されるから。

「……でも、行くんだろ？　春高。本気で行くつもりないんだったら……おれがいるところじゃない」

硬い拒絶の殻をくるんと纏ってしまいそうになり、まずい、と黒羽が一瞬危ぶんだとき、けれど纏いかけた殻を灰島は自ら押しのけた。

「……チームの欠点がわかってるのに、指摘して修正しようとしないほうが変だろ。だからおれは間違ってない、のに、でも、なんか……」

口調がどんどんぐずぐずしてくる。口のかわりになにかを雄弁に語るように足の指がうにうに動く。

「なんで、なんか昨日から……後悔……？　後悔なのか、わかんないけど……親父の後悔と、違うのか、同じなのかって、いうのも……」

ああああああと黒羽は布団の上で転げまわりたいほど焦《じ》れったくなり「ぬおーっ」と身をよじって背中を掻いた。「……んだよ。聞いてねーのかよ」灰島が恨めしげな目をあげた。

「聞いてるわっ。ほんっとおまえはー、もーっ、なんやっちゅーんじゃっ」

両手で頭を掻きむしって喚《わめ》く。

「なにがだよ。もお……」灰島も苛立《いらだ》って濡れた頭を片手で掻きまわした。「なに話しにきたかわかんなくなってきた」

コートの中では時間と空間と駒のすべてを自在に操るこのたぐいまれな天才セッターが、言葉と気持ちを操ることにかけてはなんだってこうも不器用なのかと歯痒くてしょうがない。ちゃんと前進はしているのだ。一つ一つ、失敗して、誰かを傷つけて、自分が傷つくたびに、ちょっとずつだけど灰島だってわかってきてはいるのだ。今だって簡単に殻を纏ってしまうんじゃなく、自分から歩み寄ろうとしてそれを押しのけたんだから——ただなにしろ根本的に空気が読めない奴だから、バレーのことを第一に考えるあまり人への配慮がすぐに抜け落ちるんだけど。そしていかんせんそれが大きなトラブルを呼び起こす。

あとちょっと、あと一歩、足りないんだよな。あと一歩でこいつ、なにかを掴みそうな気がするんだけど……でも、そのあと一歩のために、あと何回こんなことがあるんだろう……。

バレーに関して灰島がひたむきすぎる限り、内村も危惧していたとおりきっとこの先も何度も起こる。とはいえ優しさを優先してバレーに妥協できるような灰島だったらそもそもこんな拗《こじ》れた問題は抱えていない。

なにかきっと、あると思うのに。うまく両立できる方法。灰島が全身全霊でバレーに邁進《まいしん》しつつ、そこに生じる並みより遥《はる》かに突き抜けた衝撃波でまわりを全部吹っ飛ばしたりしないようにする方法が——。

「あっ……。ほや、三村統や！」

黒羽が突然その名を口にすると、ぼさぼさになった髪の下で灰島が胡乱《うろん》げな顔をした。

「なにが？」

「ほやで三村統やって」

繰り返すが灰島はピンと来ないようで首をひねる。

「……ああいうふうになれってこと？　おれに？」

「ほーでなくて、おまえがみんなと肩組んでげらげら笑ってるんを想像してもだいぶ気色悪いわ」

「うるせえな。おれだって気色悪いよ」

三村統――県で並ぶ者のない超高校級のプレーヤーとされながら、チームのムードメーカーでもあった。練習試合の一日だけでも部員みんなに慕われていることが伝わってきた。自らが攻撃の大半を捌《さば》くという役割を担いつつ、チームメイトを鼓舞する明るく力強い声が福蜂コートには絶えることがなかった。

「ほーでなくて……だいたい三村統はスパイカーで、おまえはセッターやろ。スパイカーはおれやしな。ほやでおれら二人あわしたらちょうどいいんでないんか？　まああっちは二コ上やし、そこはハンデっちゅうことで二人がかりにしてもらって」

眼鏡に顔を突きつけるくらいの勢いで黒羽が言うと、灰島が虚を衝《つ》かれたようにまばたきをした。

3. SCARY GAME

九月二十七日土曜日。〝春高バレー〟こと全日本バレーボール高等学校選手権大会、福井県予選会が、男子はK高校体育館に於《お》いて開幕した。

来週から十月だというのに八月に逆行したかのような週末になった。体育館内にある温度計で33℃。立っているだけで熱気の触手が顔面に絡みつく。初秋を感じる空気に慣れはじめた身体《からだ》には正直かなり厳しいコンディションだ。

コートの様子を確認するため清陰チームは二階にあがった。公営の体育館のような客席はなく、幅一メートルほどの通路《ギャラリー》がステージ側を除いた三方の壁に渡されている。自分の学校の体育館と規模も構造もほぼ同じだ。

一階では仕切りネットで隔てられた二つのコートで第一試合がはじまっていた。自分たちが属する枝の試合はBコート側だ。ボールが跳ねる音や選手たちの声がダイレクトに耳に届いてくる。ちょうどバスケットのゴール板の裏にいるので高さのイメージがしやすかった。バスケ自体が黒羽はすごく得意というわけではないが（接触競技の荒っぽさはやっぱり少々苦手だ）一応ダンクシュートを決められるので、今いる場所の膝の高さくらいには余裕で届きそうだ。

どの学校も手すりに横断幕を張ったりのぼりを立てたりしているが、応援の保護者や学生の数は控えめだった。応援団が入れるスペースがほとんどないし、応援するほうにとっても厳しいこの暑さのせいもあるかもしれない。

「どや、あがり症。こんくらいやったら気ぃも楽やろ」

大隈がにやにやして言ってきた。すかさず外尾と内村が「あほ、余計なこと言うなって」「意識させせんなっちゅうの」と両脇から大隈の脇腹を突いた。

「今日は大丈夫ですって」

大隈はもちろんだが外尾と内村の素早すぎるツッコミにも釈然としないものがあって黒羽は頰を膨らませた。どうもチーム内で黒羽がメンタル弱者、灰島が鉄のメンタル保持者という対比になっているのが不満である。試合で緊張してチームの足を引っ張ったことは、まあ一度ならずあるが、最近は場数も踏んできたし、福蜂との練習試合でも大丈夫だったし。

眼下のコートに目を戻す。ハイセットがあがり、ここからでも触れられそうなところで試合球が寸秒だけ静止してから落ちていく。

この狭い会場で、高校生たちにとっては大きな夢を懸けた試合が行われている。十一月の代表決定戦まで夢を繫ぐことができるのはたったの二校――しかしそのうち一つの枠は毎年確定しているも同然なので、それ以外のチームが残る一つの枠を巡って競っていると言える。

勝ち抜き戦《トーナメント》は非情だ。一試合でも落とした瞬間に終わる。今の代のチームで挑んだ最後の試合としてその負け試合が刻まれる。

学生スポーツで同じチームが存在するのは一年間――実質半年やそこらと考えると、なんという短さだろう。まだ先輩たちと会ったばかりのような気がする。まだぜんぜん満ち足りるほど一緒に活動していないのに。

小田たちを東京に連れていくために、この大会、一試合も失敗できない。

……あ、やばいかも。

考えるんじゃなかった。やっぱり変な意識してきた。手すりを摑んでいる手に嫌な汗が滲むのを感じた。

速い鼓動を打ちはじめた心臓の裏側にふと触れるものがあった。びくっとして振り向くと、灰島が黒羽の背に右手をあてつつ左隣に割り込んできた。

「あっち」

と灰島が顎《あご》をしゃくった先を見ると、

「あっ……福蜂」

隣のAコートを見おろすギャラリーの上に十五人ほどの集団が現れていた。ユニフォームとは違うが赤のTシャツに、赤地に黒のサイドラインが入ったジャージで統一された、赤い集団——中でも長身の者たちが前面に並んでコートを見おろしている様は深紅に塗られた壁のごとき威圧感がある。他校の保護者たちからもたじろいだような目が向けられていた。

〝赤い王者〟福蜂工業。二枠のうちの一枠を実質的に確約されているチーム。

赤い壁を支える堅固な柱のように、一人の男がその中心にいた。福蜂工業主将、三村統——ことさら威張っている感じでもないのに、頭に戴《いただ》いた王冠が目に見えるかのように自然な風格を備えている。まわりのせいでそう見えるのかもしれない。騎士のごとく両脇を固める長身の二人を初めとして仲間たちが三村を盛り立てるように囲んでいる。

二人あわせて三村統のようになるといったって漠然としていて、結局灰島にピンと来ていない顔をされたうえ、

〝おまえな、おれに頼らないで一人で三村統に追いつけよ〟

と、尻を叩かれるという藪蛇《やぶへび》になった。

〝追いついて、追い越せよ〟

〝しなっと要求レベルあげんなや〟

〝だいたいなんでおれの話が途中からおれとおまえの話になってんだよ。バカ〟

つと俯《うつむ》いて、ごんっと拳で黒羽の膝を突いてきた。部屋に入ってきたときは思い詰めていたようだった声がすこし明るくなっていた。まあ多少浮上したところで灰島の喋り方なんてもともとがまったく明るくないんだが。

いずれにしろそういうぐずぐずしたものを大会当日に引きずっている灰島ではない。灰島の精神の指向性なんて元来単純すぎるほど単純なのだ。

「……あそこに行って、なにかわかることがあるんだったら……行くまでだ」

肩口で灰島が囁いた。福蜂の集団を睨み据えたまま、黒羽の背にあてていた手を握り、

心臓の裏側からぐっと拳を押し込んできた。

「もちろん通過点だけどな」

ぎらぎらしているくらいの灰島の闘志と、不敵な自信が心臓に流れ込んでくるようだった。

わっとBコートで声が響き、また目の前にハイセットがあがった。声に引かれたのかAコート側のギャラリーから三村がこちらのコートに顔を向けた。

放物線の頂点でボールが静止した、その一瞬、ボール越しに三村がにやりとした。

手すりから身を乗りだしかけた自分に驚いた。灰島の拳に押しだされるままここから飛びだして、あっちのギャラリーに向かってあのボールを打ち込む自分のイメージがよぎったのだ。

ボールがコートに落ちていったときには三村は顔を背けてチームメイトとなにか話していた。

鼓動は今も速く、手すりに巻きついた指の末端が痺《しび》れたようにかすかに震えていたが、手のひらに滲んだ嫌な汗は引いていた。

緊張感が昂揚感《こうようかん》へと、いつの間にか一段階引きあげられていた。

会場内は居場所が限られるので一度体育館から外にでた。

清陰の初戦はトーナメント二回戦、Bコート第四試合なので、開始時間は昼を過ぎる予定だ。なお福蜂は第一シードの指定席であるトーナメント表の第一枠を押さえている。福蜂の初戦はAコート第五試合。両コートの進行状況によっては自分たちの試合と時間が重なる可能性もある。

外のほうが風があるので体感温度が多少ましだった。陽射《ひざ》しの下にでた途端秋の虫が鳴く声が聞こえて、時空のワープかなにかしたみたいでちょっとくらっとした。

「B3のチームが移動したら練習コート入れるで、その前に早めの昼飯にする。満腹にせんよう気ぃつけろや。特に大隈。と黒羽」「なんで並べるんや」「なんで並べるんですか」大隈と黒羽が互いを指さして口を揃えるが、青木は意に介したふうもなく諸注意を続ける。「予報やと明日も暑いらしいし、下手したら今年一番きつい大会になるかもしれん。体調悪い者はえんな？」

「灰島。行けるか」

小田が灰島に訊いた。

「行けます」

きっぱりと灰島が即答した。

実は男子バレー部はとある喧嘩《けんか》沙汰に関与した疑いで、八月頭の秋季大会から夏休みいっぱい活動自粛の処分を受けていた。その間灰島はずっと体調不良を抱えており、ぎりぎりで復調したところなのだ。滑り込みセーフで自粛が解かれて春高予選の出場は諦めずに済んだが、灰島の体力が削られているのはチームの懸念材料ではあった。

大会直前の大事なときに灰島の祖母の入院という不測の事態が起こったものの、黒羽家で灰島を預かって調整しておけたのは不幸中の幸いと言えた。灰島の祖母も週明けには退院できるそうである。

「ほんなら、ここで初戦のスタメンを発表するように先生から言われてる」

小田がやや硬い声になって言うと、弛緩《しかん》していた空気に緊張感が走った。

「青木、棺野、内村、大隈、灰島、黒羽。以上の六人で行く。リベロは外尾」

歯切れよく列挙して小田が言葉を切った。

わずかなどよめきも起きなかった。予告があったわけではないが、黒羽は予感していたし、みんなも薄々わかっていたんだろう——ただちらりと隣を見ると、案の定灰島だけが意外そうに目をみはっていた。

あきれるとともに少々腹立たしくなった。小田が正面から灰島を受けとめないわけがないと、当の灰島以外の誰だってわかっていた。だからこそ青木だって小田に答えを言わせないように小田抜きの多数決なんていう暴挙に乗ったのだろう。誰もが敬遠する灰島の抜き身の刃を、自ら手で摑んで引き寄せて、身体に埋め込んで放すまいとするような……小田がそういう人間であることを、灰島だけが相変わらずよくわかっていない。

「ゲームキャプテンは棺野、やってくれるか」

「はい。わかりました」

後々の引き継ぎを視野に入れての人選だろうからこれにも誰も異論はない。ゲームキャプテンはコート内での責任者として審判と話す権利を持つ。

「内村。ひさびさのスタメンやけど頼むぞ」

続いて呼ばれた内村が頬を強張らせながらも「はいっ」と気合いの入った返事をした。

「小田先輩が投入されるんをなるべく引き延ばすくらいには踏ん張ります」

「ほんなに気負わんでいい。今日の相手には去年のチームで勝ってるやろ。いつものおれと黒羽のローテを入れ替える。棺野、灰島。フォロー頼むぞ」

はい、と棺野と灰島の冷静な返事が揃う。

「黒羽」

と、次に思いがけず名前を呼ばれたので「ほい？」みんな凛々しい返事をしていたのに自分だけが間抜けな反応をしてしまった。

「他人事《ひとごと》んたな顔してんなや」

小田が微苦笑してから、声を一段低くする。

「対角のおまえの打数が一番増える。前でも後ろでも働いてもらわなあかんぞ。ぼさっとしてる暇はないと思え」

普段なら試合前にわざわざ黒羽に言ったりしないようなことを厳しい声で口にした。灰島の提案を支持した責任を自覚させるかのように——やっぱり気を悪くしてたのかなと、黒羽は「は、はい。わかってます」と神妙に頷いた。

小田が頷き返し、声色を戻して頬をゆるめた。

「清陰のエースはおまえや、黒羽祐仁。頼んだぞ」

＊

直前の第三試合がフルセットまでもつれたため、BコートはAコートより遅れて第四試合の開始となった。できればAコート第五試合の福蜂が現れる前に終わらせたいというのが黒羽の本音だった。隣りあったコートで福蜂と同時に試合が進行することになったら少なからず気が散りそうだ。

加えてこの暑さでフルセットやるのはきつい。予選は二十五点先取の三セットマッチで行われる。二セット取ったほうが勝つわけだ。清陰としてはさくっと二セット連取して勝ちを収めたいところだ。

「行くぞ！」

「っしゃ！」

円陣の中心に拳を集め、暑さを吹き飛ばすように気合いを入れた。号令をかけた小田一人がベンチに残って他のメンバーをコートへ送りだす。……ん？　顧問はどこ行ったと思ったとき、なまぬるい風がうなじを撫《な》でた。

「いーちねん坊どもよぉ。おまえらの希望どおりになったんはいいがの」

襟首を摑まれて三途《さんず》の河に引きずり込まれそうなぬるっとした声に一瞬で汗が引いた。思わず飛び退《の》きつつ振り返ると、うねった白髪がわずかばかりへばりついた顧問の頭があった。一歩コートに入っていた灰島もさすがにぎょっとして振り向いた。

「小田と内村を取っ替えただけやったら正解とは言えんの。人を斬ったんやったら自分の身ぃも斬らなあかんのやないんかの」

手にした扇子で頭髪をふよふよとそよがせながら顧問はベンチに戻っていった。

これまでも干物か木魚か案山子《かかし》あたりに喩えられてきた我が顧問だが、あれは実は三途の河に棲《す》む河童《かっぱ》かもしれないと思ったのは初めてである。

灰島と顔を見あわせ、

「どういう意味や？」

灰島が無言でベンチに視線を投げたが、すぐにコートに向きなおった。なるべく試合開始ぎりぎりまでかけている眼鏡も今はコンタクトになり、ボールハンドリングの要《かなめ》である左右の手の親指から中指にきつくテーピングがされ、万全の臨戦態勢だ。灰島にとってのバトルエリアである、九×十八メートルのバレーコートの内側に集中力が凝縮される。空気の膜が灰島を包んで急速に濃度を増していくのがあたかも目に見えるようだ。

「一発目にバックアタック行くぞ。思いっきりぶっ込んでやれ」

今日の黒羽は後衛からのスタートだ。灰島の鼓吹《こすい》に共鳴して心が奮い立ち、「お、おうっ」と威勢《いせい》よく応《こた》えた。

小田がいなくても問題はないじゃないかと、コート内のほとんどの者が早い段階で確信したと思う。思うというか大隈は実際に口にした。

第一セット序盤から中盤、灰島の宣言どおり黒羽のバックアタックで一点目をあげて勢いづいた清陰は、14－7のダブルスコアまで一気に相手を突き放した。

内村とて中学時代からのキャリアがあり、平均的な技量は十分持っているプレーヤーだ。守備に関してなら実は黒羽よりよほど安定している。

青木と内村が二枚でブロックに跳ぶ。青木の高さを避けて内村の上を狙って打たれたが、内村が指を引っかけてワンタッチを取った。小田だったらここで抜かれていた可能性が高い。勢いが削がれたボールを外尾が繋いで灰島に送った瞬間には、コート上のスパイカー全員が助走に入っている。これがラリー中にもねじ込まれる清陰のコンビバレー、いや灰島製のコンビバレーだ。スパイカーが複数跳べばブロッカーはどこにつけばいいのか迷う。おまけに灰島のトスは普通のセッターがあげるような〝高くあがって落ちてくる〟軌道を描かない。放物運動の〝頂点〟がスパイカーの打点に直接重なるように飛び込んでくるので、圧倒的に速い、かつ打たせる打点が高い。

灰島の両手にボールが吸い込まれたと思った瞬間、ピッ、とほぼ無回転に変わったボールが指先から放たれる。

決めたのは内村、ノーマーク！

一発目に食らったパイプ攻撃——青木のAクイックを囮《おとり》にした黒羽のセンターからのバックアタックのインパクトが強烈だったのだろう、相手ブロッカー陣は真ん中を意識していたので、サイドの内村にトスがあがったときにはもうまったく間にあわなかった。

「いいぞ、内村！」

コートの外から小田の大きな声が聞こえた。

「内村ー。ブロックにスパイクに大車輪の活躍やないか」

コート内でも仲間に賞賛され、内村自身もほっとしたように笑って「おお。なんとかなってるわ」と応える。

「このまま二セット取ります。福蜂の初戦見たいんで」

灰島がそう言って一瞬隣のコートに目をやった。表情は平静だが額に汗の玉が浮かんでいる。

隣のAコートでは第二セットが進行中だ。選手が出入りする扉の前にユニフォームに着替えた福蜂チームがすでに現れ、試合の決着を見守っていた。壁に背をつけて腕組みをしている三村の姿も見えた。〝王者〟の視線がAコートで試合中の両チームにあきらかな緊張を強いている。

「あっちはあっちや。集中してこっせ」

棺野が声をかけ、「っせ!」と声を揃えてそれぞれのポジションに散った。

まもなくのうちに、それは起こった。

速攻に跳んだ青木の手がボールに届かず空を切った。あ、と青木が声を漏らしてボールを仰ぎみた。灰島が脊髄反射のフォローといった感じで自分があげたボールに飛びついたのだが——「え⁉」と他のメンバーに動揺が走った。

灰島がボールを掬いあげて相手コートに返したが、即座に反則の笛が吹かれた。

コート上の全員が一時ぽかんとしてしまった。プレーを続けなくていいボールを相手チームの前衛がぽすんと手に収めた。

自分のほうのルールの把握が違っていたのかと黒羽は驚いたが、いや、やっぱり駄目だよな……ダブルコンタクト、だ。一人が続けてボールにさわってしまったっていう。試合中の二人にはまったく似つかわしくない、思考停止を起こしたみたいな顔で灰島と青木が互いを見た。

「あー、すまん。おれがサイン読み間違ったわ」

青木から謝って尻もちをついた灰島を助け起こした。

「今のはおれです。トスがぶれました」

しかしそれを灰島が自分の責任にする。「今のはおれやろ」「おれです」何故だかどっちも強く主張し、他の者を困惑させた。棺野がベンチを振り返った。タイムを取るべきタイミングだ。ベンチで小田も顧問にタイムを求める手振りをしていたが、あろうことか顧問は小指で耳をほじってしらばっくれているではないか。

相手チームにはこっちのコートが落ち着くのを待っている義理はない。こういうときは間を与えずにサーブをたたみかけるのがむしろセオリーだ。灰島も青木もすぐに話をやめた。

なんだったんだ……？　違和感が拭《ぬぐ》えなかったが、頭を巡らせている暇はなくネットの向こうからサーブが飛んでくる。外尾にまかせて黒羽はスパイクに開こうとした——が、外尾も黒羽にまかせて手をだしていなかったので焦った。げっ、という顔で固まった二人の真ん中にボールが落ちた。

〝お見合い〟による連続失点――。

セットアップに踏みだしかけた体勢で灰島が顔を引きつらせた。

おかしなことになってきた。その後もミスが頻出した。調子がよかった内村がブロックに捕まり、それから萎縮したようになって立て続けにスパイクをネットに引っかけた。青木が下がって対角の大隈が前衛にでてくると灰島はコンビミス以降使っていなかったミドルの速攻をまた使ったが、ノーマークのチャンスで大隈がふかして特大アウトにした。

相手コートが大きな歓声でわいた。

得点板を見て目を疑った。いつの間にか、19-20。えっ？　あれ？　ダブルスコアの余裕があったはずが、なんで先に二十点に乗られてるんだ？

灰島が舌打ちをしてAコートのほうに目をやった。無様な試合を福蜂に見せているのが癪《しゃく》に障《さわ》ってしょうがないという顔だ。なんで今そっちを見るんだと黒羽は愕然《がくぜん》とした。そんなことより今は自分たちのコートをなんとかしてくれ！

なんだ、この試合……？　なんかすげぇ、怖ぇ……。

立てなおすことができないまま相手に走りきられ、23-25で清陰高校、初戦第一セットを落とした。まさかの展開だった。

*

セット間の清陰ベンチは憮然《ぶぜん》とした空気だった。

「おいおい、どーなってんじゃこりゃ。全員ミス連発しやがって」ことさら大声で言う大隈を「おまえかってふかしたやろ」と外尾が肘《ひじ》で小突いた。

小田が一人一人の肩にタオルを載せながら声をかけて歩いていた。

「黒羽。おまえは今の調子でいい。声だすんだけ忘れんようにな」

自分のところに小田が来てくれるのを心待ちにしているような感じだったので、「ほんだけですか？　もっとなんか……」と泣き言じみたことを言ってしまった。

「ほんだけなんや」

と小田が繰り返し、タオルの上から黒羽の肩を摑んだ。「おまえが繫ぎとめるんや」力と気持ちを託すように、強く押さえ込んでそう言い残すと、小田は次に内村の背中にまわって話しはじめた。

小田こそが地団駄踏みたい思いのはずだ。仲間に託してスタメンを退く決断をしたというのに、なんだこのザマはと怒鳴り散らして誰かの首根っこを摑んで自分がかわりにコートに飛び込みたいくらいだろう。小田に安心させてもらおうなんて考えた自分の甘さが泣きたくなるほど恥ずかしくなった。

セット間の残り時間はわずかだ。灰島と話さないとと、姿を捜して駆け寄った。円陣から外れたところでボトルをひっくり返して水をがぶ飲みしていた灰島がこっちに横目をよこし、

「単純なコンビミスだ」

口を拭いながらむすっとして言った。

「青木さんがわざと空振ったんじゃないかって、おまえ思ってるだろ」

うっと黒羽は返事に詰まり、円陣の上から飛び抜けている青木の横顔を盗み見た。

「ま、まあ一瞬思ったけど、一瞬やぞ……ってほんとけや⁉」

声を潜めて訊いたら「まさか」と一蹴《いっしゅう》された。「もしそんなことされたらおれがわかる。青木さんのせいじゃない。単純に、息があわなかった」とはいえそのこと自体が灰島にしてみれば非常に腹立たしいのだろう、舌打ちしてタオルを顔に押しあてた。

清陰では攻撃に関するサインはすべて灰島がだしている。ボールデッドから次のサーブが打たれるまでのわずかな時間に次のプレーの展開を読み、スパイカー一人一人にサインをだす。敵と味方、両方のコートに神経を張り巡らせて常に状況を把握し、一瞬たりと思考を途切れさせることなく回転させているのだろうから、たぶんそれは凄《すさ》まじく疲れることなんだと思う。

なにしろ灰島製の緻密《ちみつ》なコンビのサインは複雑なので、黒羽はときどき間違えることがあってぼさっとしてるなと怒られる。しかし青木に限ってそんなことがあるとは思えない。そして灰島のトスがぶれるなんていうこともあり得ないのは言わずもがなである。単純に息があわなかったと言われたほうが一応納得はいくが……逆に根が深いような気もする。

とにかくそれで灰島が青木を使いづらくなったのはたしかだろう。あのコンビミス以降センター攻撃が減り、サイドへのトスが増えた結果内村のマークがきつくなって、内村の調子まで引きずり下ろされた。

小田はまだ内村のそばに張りついていた。内村はなんだかもう吐きそうな顔色で呆然《ぼうぜん》としているだけで小田の声に頷きもしていない。

第二セットも第一セットと同じメンバーですでにオーダーが提出されているので小田の投入はない。すっとぼけた顔でベンチに座っている顧問を黒羽は雑巾にして搾りあげてやりたい気分で睨みやった。

「あとがなくなったな」

顔に押しつけたタオルの中で灰島がぎくっとすることを言った。

「次のセット落としたら終わる」

「ほ、ほーゆう脅すようなこと言って焦らせんなや。ほ、ほや、こういうときは勝ち負けとか意識せんと気楽にやったほうが……」

「実際焦らなきゃいけない状況だろ。勝ち負け意識しないでどうするんだよ。勝つためにやってるんだ」

灰島公誓を擁《よう》した清陰が、一月の東京本戦どころか、十一月の代表決定戦どころか、予選二日目にすら進めないまま消えかかっているなんて、そんな展開を誰が想像していただろう？　その忌々しい現実を睨みつけるように、灰島が目の前にあるタオルを見つめて歯噛みをする。拭った先から尋常じゃない汗がこめかみをつたい落ちる。

セット間の終了を知らせるホイッスルが鳴った。

「おれが言いだしたことで負けたりしねえよ。絶対」

灰島が黒羽の胸と肩のあいだのところに拳をあてすれ違い、ボトルとタオルを籠《かご》に投げ込んだ。

いつもどおりの強気である。心強くなるはずの台詞《せりふ》が、なのに妙に胸をざわつかせた。

あいつ、まさか……いざとなったら前みたいに一人で全部やってでも勝つって考えてるんじゃないだろうな……？

第一セットのラストの流れを持ち越して両チームがコートインする。当然流れは向こうに向いている。序盤から勢いづかれて走られたら、このセットももしかしたら、もしかする。

小田が最後まで内村に熱心に声をかけ、背中を押して送りだした。

〝おれかって小田先輩と同じで、おまえら二人はかわいいんやぞ〟

そう言ってくれた内村の気持ちに報いたかった。けど、どうすれば今の内村を助けられるんだ……。

「っしゃーっ‼」

そのとき隣のコートで喊声《かんせい》があがった。

Aコート第四試合が終わり、第五試合の両チームにアップの許可がでたのだ。こっちの試合がもたついていたので避けたかった福蜂の試合時間に追いつかれてしまった。

福蜂のメンバーが一人ずつ気合いとともに拳を突きあげ、円を描くようにジャンプしてコートに飛び込んでいく。館内いっぱいに膨張して身動きが取れなくなっていたような熱気が掻きまわされて、一陣の清涼感が吹き込む。レギュラー十四名とマネージャー一名が中央で円陣を組み、

「初戦ビシッと行くぞ！」

野太い声が重なりあう中でも、三村統の明朗な声が遮られることなく突き抜ける。

「ちかっぺ！」

三村の声に全員が唱和してアップに散った。

灰島がそれを見てきょとんとしていた。ああ……自分が呼ばれたみたいでびっくりし

たのかもしれない。

〝ちからの限り《ちかっぺ》〟

Ｂコートでは第四試合第二セットがはじまった。

勢いが乗ったサーブが相手コートから飛んでくる。未《いま》だリズムを立てなおす手がかりを見つけられない清陰は外尾と内村のあいだでまた一瞬譲りあいになりかけた。危うく外尾が手をだして繋いだがボールは大きく後方に飛んでいった。棺野がそれを追うが、この時点でもう灰島を起点としたコンビにはならず、二段トスになる。セッターがコンビを使えない状況であがってくる高いトスが二段トスだ。

……どうしよう。練習試合の真似って感じになったら、かっこ悪いんかな……？

ちらっと黒羽はそう考えて躊躇《ちゅうちょ》した。

でもまあ、県で一番すごい選手の真似だと思われたところで別にかっこ悪くはないんじゃないか、と思いなおす。灰島だって追いつけって言ったんだし、真似してんじゃねえなんて横暴は言わないよな？

「棺野先輩！　おれに持ってこい！」

手をあげて大声で呼んだ。

棺野がコート外からボールを送ってきた。相手チームの前衛三枚がブロックに来たが、呼んだからには自分が打つしかない。

助走しはじめた直後に慌てた。今、後衛だ。このままだとアタックラインを踏み越して跳んでしまう。アタックライン手前でとっさに片足で踏み切った。足一本で全身を力いっぱい飛ばす。視界の左右をびゅんっと風景が過ぎる。しかし後方から頭上を越えてくるボールだけは焦点から外さない。

高さが足りない。ボールが遠い。届かないか？　いや——あと一瞬、コンマ一秒以下でいい、長く宙にとどまれたら、届く。まだ落ちるなよっ……歯を食いしばり、取りすがるもののない空中に力を振り絞って食らいついた。

足の下からふと上昇気流を感じる瞬間があった。打ち切れると確信するのと同時に、幕があがるように視界が突然広がった。コース上で待ち構えるブロックが視界に入り、反射的にコースを変えてインパクトした。

三枚ブロックの端にスパイクがあたり、ボールが高く逸れた。線審の旗が鋭くアウトを示した。ひやっとしたが、ブロックアウト！

勢いあまってネット下から相手コートに飛び込み、危うくサイドのフリーゾーンに逃げて「っとと、お邪魔しましたっ」とあたふたとボールをまわって自コートに帰った。

「おおっ……ナイスキー」

「よう打ったなぁ今の」

驚きまじりの賞賛で迎える先輩たちに人差し指を立ててみせ、

「まず一点！」

びしっと決めようとしたけど、つい照れがでてはにかみ笑いになった。

「このセット、おれに集めてください。おれが、」

一度口をぱくつかせ、灰島を見る。自分が言っていることにどきどきしてくる。

〝清陰のエースはおまえや、黒羽祐仁〟

——なにをもって、エースと呼ばれるんだろう。練習試合の三村統の姿が頭をよぎった。

どんなに苦しいボールでも決める力があるスパイカー。

こいつがいればまだ勝てると、チームメイトに勇気を与えられる存在。

苦しい立場に立たされているセッターが、最後まで信頼してトスを送ることができる命綱であるべき、相棒。

ひと呼吸おく。まわりを囲んでいる先輩たちの顔も視野に入れつつ、灰島に視線を据えて言った。

「おれが、全部決めます。どんな球でも必ず点にします」

恰好《かっこう》つけて宣言したはいいものの、言うほど簡単なことではなかった。

必ずしも打ちやすいボールが来るとは限らない。むしろ一番いい体勢で打てるボールがあがるほうが少ない。ブロックに二枚つかれるとコースが狭められるので打つコースを工夫しなければならない。三枚つかれるとさらにコースがあいていない。

打ち抜こうとしたがブロックにまともにぶつけてしまい、目の前でシャットアウトを食らった。

しまった――と思った瞬間、予測していたように真下でリバウンドを拾う手があった。

「灰島っ……⁉」

スパイクフォローに入った灰島がそのままアンダーハンドで逆サイドにパスを送った。

「大隈さん！　打て！」ブロッカーは全員黒羽の側についていたため大隈がフリーだった。経験値の少ない大隈だが、灰島にしては柔らかい軌道を描いてあがったボールにしっかりあわせて打ち込んだ。

ひさびさの大隈の得点になり、「おっしゃあ！」と大隈が雄叫びをあげた。

「一年坊主に啖呵《たんか》切らして、おれらが奮起せんわけにいかんやろ」

遠慮ない力で背中を叩かれ「ちょ、手加減……」こっちはもうけっこうヘトヘトなんだって。背中を折って黒羽は咳《せ》き込んだ。自分でもぎょっとするほどの大粒の汗が、滴るというのを通り越してびちゃびちゃと床を濡らした。

これで大隈がサーブに下がり、外尾とかわっていた青木が前衛に戻ってくる。ちらりと青木の横顔を窺《うかが》ったが、九センチ上にあるポーカーフェイスの内側にあるものは読み取れなかった。

大隈のフローターサーブを相手チームがきっちりレシーブして攻撃に繋げてくる。青木と黒羽の二枚ブロックの端にあたってボールが外へはじかれた。ブロックアウトになるところを、リベロ顔負けの反応で飛び込んで拾ったのが――また灰島⁉

灰島がコート脇の記録席に突っ込んでいるあいだに内村が「黒羽！」と二段トスをあげる。はっとしてボールを見あげながら踏み切ろうとしたが、

「……っと⁉」

足が滑った。床に落ちた汗を踏んだのか、とはいえいつもなら多少無理な体勢でも踏み切れるはずが、踏ん張りがきかなかった。「あっ……」跳べない。虚しく頭上を越えていくボールを愕然として見あげる。

と、頭の後ろから長い腕がにゅっと現れてボールを捉えた。軽く打たれたボールがブロックの上を山なりに越え、相手コートの真ん中にあいた空間にぽとんと落ちた。

座り込みそうになったところを後ろから青木に腕を取られて支えられた。

「馬鹿力だけでやらんと、もうちょっと頭も使えや。単細胞が」

考えてみるとこのセット初めての青木の得点だ。しかしガッツポーズをするでもなくあくまでクールな顔である。

「必ず点にするっちゅうんは、必ず打ち抜くこととは違うやろ。フェイントやろがワンチ《ワンタッチ》やろが一点の重みは変わらん。ほれ、こんなとこでみっともないカッコ晒さんと、座るんやったらベンチで座ってろ」

「……え？」

そのタイミングでメンバー交代を告げるホイッスルが鳴った。驚いて振り向くと、小田がコートサイドで副審に手を挙げつつ気合いを入れるように跳びはねている。青木に背中を押され、ふらつきながらそこまで歩いた。前のめりになって小田に抱きとめられた。

「小田せんぱ……い……」

心強い名を呼んだ途端、喉にこみあげてくるものがあって声が詰まった。

「よう頑張った。十分や。勝てる」

しばらく気にすることすら忘れていた得点板を見ると、21－16。相手チームも追いすがっていたはずだがじわじわ引き離し、気づくと二十点台に乗っていた。

「すまんけどおいしいとこはもらうぞ」

珍しく冗談めかした小田の口ぶりに「はい……どーぞ」頭がまわらずただ素直に頷いた。「おいおい、嘘《うそ》や。このセットのヒーローは誰が見てもおまえや」と小田が苦笑し、黒羽の背を軽く叩いてベンチへ押した。

腰から崩れるようにベンチに座った。

ヒーロー……ヒーロー……ヒーロー……。その言葉が反響しながら身体の底に沈んでいく。

「よし、一本ずつしっかり切って、このセット取るぞ！」

コート全体を抱き込むように両手を広げてでていく小柄な背中が何倍も広く見えた。みんな疲労した顔ながら真摯《しんし》に小田の声に耳を傾ける。散らかっていたコートの空気に一本の柱が通るのが、外で見ていてよくわかった。

黒羽が啖呵を切ったところで、みんな方向性に確信を持てないまま目の前の状況に対応していただけだったのだろう。小田には褒めてもらえたけど、やっぱりぜんぜんエースの仕事はできてなかったんじゃないかと落ち込んだ。ヒーロー……という言葉が若干虚しいものに変わった。けれど、張っていた気持ちがゆるんで楽になった。尻に根っこが生えて二度と立ちあがりたくない気がしてくる。

「……正解っすか。不正解っすか」

前を向いたまま脱力した声で呟いた。答えあわせをはぐらかすつもりか、顧問は隣で狸寝入《たぬきねい》りを決め込んでいる。試合中だぞ……。

「灰島が身い斬るんを、待ってたんですか」

異常なバレーセンスの塊である灰島はフォローの反応も異常に速いが、実はスパイクフォローやディグ（スパイクレシーブ）をあまりしたがらない。レシーブに入ってしまうとセッターとして攻撃の組み立てができないからだ。

その灰島が、セット中盤から黙ってフォローとディグに徹しはじめた。

「もし灰島が意地んなってプレー変えんくて、この試合負けてたら、取り返しつかんことになってましたよ」

ひぇひぇひぇと顧問が妖怪じみた笑いを漏らした。顔に刻まれた皺《しわ》の一本と区別がつかない唇の隙間からすきっ歯を覗かせ、

「取り返しつかんなんちゅうもんは、人生ん中でそうそうありゃせんわ。まあおまえらにはまだわからんくていいことやがの」

……くそ、河童じじい。という悪態を胸にしまい、黒羽は力を奮い起こしてコートに向かって「一本！」と腹から声をだした。

Bコート第四試合、セットカウント2－1で清陰高校は初戦をどうにか切り抜けた。

ほとんど同時刻にAコート第五試合が終了し、2－0で福蜂工業が危なげなくストレート勝ちを収めた。

4. THROW DOWN THE GAUNTLET

「一年ー。そろそろバス停移動するぞー」

半分寝かけていた頭に先輩の誰かが呼ぶ声が聞こえ、「……んあっ」と黒羽は寝ぼけた声をだしてから「あ、ふぁーい」と応えた。「十五分発やぞ。遅れたら置いてくでな」「ふぁーい。行きます」

遠ざかっていく先輩たちの話し声と荷物ががちゃがちゃ鳴る音をぼんやりと聞きながら、まだしばらくそのままで尻に感じるアスファルトの冷たさを惜しんでいた。九月最後のこの残暑は明日も続くらしく、気温は未だ下がっていなかったが、木陰の地べたはひんやりとして心地いい。

試合前にもミーティングをした、体育館の外の開けた場所だ。体育館では今日最後に残されたBコート第七試合がまだ続いていたが、自分たちの試合が終わったチームは順次引きあげ、大会会場は静かになりはじめていた。

バス停まで炎天下を移動しなければならないのは億劫だったが仕方なく「よっと」と勢いをつけて身体を起こし、

「灰島ー。聞いたやろ。バスの時間やって」

と肩越しに背後に声をかけた。

黒羽はコンクリのブロックにもたれて地べたに座り込んでおり、ブロックの上では灰島がエナメルバッグを枕にしてぐったりと潰れていた。テーピングが解かれた左手がブロックの縁から地面に垂れている。ちょっとでも寝返りを打ったら確実に転げ落ちる。

「おーい？　灰島」

反応がないので重ねて呼ぶと、返事のかわりに左手の指がわずかに動いて地面を叩いた。

「大丈夫なんかおまえ……。明日ダブルヘッダーやぞ」

「……二試合もやれるんだ……楽しみだな、明日も……」

呼気を音声に変換するのも大儀といった感じの色の抜けた声と言っていることとのギャップにあきれる。これがまた本気で言っているのが灰島なのである。

「ほんっとおまえは試合大好きやなあ」

「だって試合じゃなきゃおまえのあーゆうキレたプレー見れないだろ。普段からやれよ」

ぽろっと聞こえた呟きに黒羽は二の句を失った。

「第二セットの、最初のバックアタック……鳥肌立った」

灰島の口から言われたその台詞に、こっちこそ全身にぶわっと鳥肌が広がった。

「おっ、おお、おう」

キョドった返事をしつつ頬がゆるむのを抑えられない。

灰島はバッグのへこみに後頭部を沈めて目を閉じていた。風でかすかにそよぐ木漏れ陽が生気の薄い白い顔にだいだい色のまだら模様を焼きつけている。十年前の和室の風景が一瞬脳裏で重なった。

「今日の試合って、おまえ、あんましおもろなかったんやないんけ？」

気になっていたことを黒羽は遠慮がちに切りだした。青木とのコンビミスにはじまって、セッターの仕事を捨てて守備に徹したことといい、コンビバレーの組み立てが好きでたまらない灰島には不満が鬱積する試合だったのではないか。

「今日で終わらせたくなんかなかった……。勝ちたいんだ。このチームで、清陰で、もっと勝ちたい」

質問の答えとしてはいまいちズレていた。けれど思わず黒羽は今の聞きました⁉とばかりにきょろきょろしてしまった。先輩たちはもうみんなバス停に向かったあとなので近くには誰もいない。大隈の笑い声が遠くから響いてくるだけだ。

これ、みんなに聞かせたい。

おまえこそ、普段から言えよ。そういうのをみんなの前で。

「だから……明日に繋げるためだったら、なんだってやるよ。試合が続いてる限り、取り返せるから。みんなでやりたいことがまだいっぱいあるんだ。夜とか考えはじめたらさ、寝れないくらい、いくらでも思いつくんだ……」

だいだい色の光を瞼《まぶた》の下で感じているようにゆるく目を閉じて、驚いたことに灰島はにやにや笑っていた。そもそも笑顔を見ること自体が珍しいのに灰島がこんな笑い方をするのは見たことがない。パンダが卵産んだレベルの珍事だ。

とてもそうは見えない問題ばかり起こすので理解されにくいが、灰島はチームスポーツが純粋に好きなのだ。その問題だってチームメイトの最高のプレーを引きだすのが仕事だと灰島なりに思っているからこそ起こるのだし。バレーボールのシステムが高次元のチームプレーによって成り立つものじゃなかったら、この天才をここまで魅了することはなかっただろう。

今はまだどうにも嚙みあっていないが、どこかできっかけを摑んでそこがうまく嵌まったときには、きっとなにかすごい進化が起きるんじゃないだろうか。

一生フォローする気はないと内村には言ったものの、案外一生つきあうことになったとしても――その瞬間のチームには、絶対に自分が属していたいって、それは今、間違いなく思う。

＊

翌九月二十八日。一日目は別会場だった女子も男子の会場に移動してきての大会二日目は、勝ち残っているチームが減ったぶん男女一面ずつのコートで進行した。

男子コートの最終ゲームであり、四チームにまで絞り込まれたトーナメント四回戦の二つ目の試合。小田もスタメンで投入したベストメンバーで臨んだ清陰はセットカウント2－0で勝利した。

一日目を引きずって今日もほとんどだしていなかった青木のセンター攻撃を灰島がここぞというタイミングで使い、膠着《こうちゃく》気味だった中盤の展開に風穴をあけた。サイドにマークを絞っていた相手チームにしてみれば「まじか⁉」と言いたいところだったろう。それが清陰に流れを呼び寄せ、一気に二十五点まで走りきった。

「青木先輩とコンビあいにくいんやなかったんけ」

こそっと訊いたら灰島はしれっとしてうそぶいたものである。

「一回ミスっただけだろ。一瞬で修正したに決まってる。誰だと思ってんだ、おれを」

誰だと思ってんだって、自分で言う台詞か。

「使えないって向こうが勝手に思い込んでマークしなくなってただろ」

まさか最大効果のタイミングで敵の生き肝を抜くための伏線を一日目から張ってたっていうんなら、まったくおそるべき勝負師である。味方でよかった、心底。

「バレーって面白いよなー」

と灰島は一人で頷いていた。純粋は純粋でもとんだ純正ドSだな、おい。

二階ギャラリーからぱらぱらぱらと降り注ぐ拍手を浴びながら荷物を分担してコートを引きあげる。灰島がふと顔をあげて目を鋭くした。黒羽もその視線を追い、あっ、と表情を引き締めた。小田を初めとして他の部員もみなギャラリーを仰ぎみた。

ギャラリーの一角に赤いジャージ姿の一団がいた。

一つ前に終わった四回戦の一つ目で勝利を収め、一番乗りで代表決定戦の切符を手にしていた福蜂工業が、十一月の対戦相手が決まる最終ゲームを見守っていた。

〝王者〟への挑戦権となる一枠を手に入れたのが清陰高校だった。

「洗った首が無駄にならんくてよかったわ、小田」

赤い集団の真ん中で手すりに腕を預けて身を乗りだした三村統がにやにや笑って言った。

と、黒羽が押していたボール籠に灰島がいきなり手を突っ込み、

「黒羽！」

鋭く呼ぶと同時にボールをトスした。「へっ⁉」驚きつつ黒羽は条件反射でボールに

向かって飛びだした。清陰の仲間からも驚きのどよめきがあがった。

灰島らしい回転のないトスが三村がいるギャラリーの目の前にあがる。赤・白・緑の配色と「七符清陰」というマジック書きがくっきり見えた。ボールを追って黒羽はバスケットのフリースローラインのあたりで踏み切った。ギャラリーへと駆けあがるようなつもりで跳ぶ！

ギャラリーの上で福蜂がどよめいて身構えた。長身の二人が左右から三村を庇《かば》う行動を取った。三村の顔面めがけて思いっきりボールを打ち込む——寸前、黒羽は片手でボールを摑んだだけで、そのまますとっと床に着地した。

気色《けしき》ばんだ福蜂の面々が啞然《あぜん》とした。三村の前に手をだした恰好で長身の二人も困惑したように突っ立っていた。ただ一人、三村だけが手すりに寄りかかったまわずかも身を引かず、眉一つ動かさなかった。

一時凍りついた空気の中、「……ぷはっ」と三村が噴きだした。手すりに突っ伏し背中を痙攣《けいれん》させて爆笑しはじめたので、撤収作業をしていた学生スタッフや大会役員たちまでなにごとかと振り返った。

黒羽もちょっと面食らっていると、三村が爆笑を収め、左右の二人を手振りで退かせた。県のヒーローでありながら〝悪魔のバズーカ〟という悪役じみた異名《いみょう》を持つ男が、その異名にふさわしく口の端をひん曲げるような不敵な笑いを浮かべてこちらを見おろす。

「今の挑発、後悔すんなや？　黒羽祐仁」

まさか憶えられているとは思わなかったフルネームを呼ばれ、全身に戦慄《せんりつ》が走った。下がるな、と灰島が睨んでいるのを背中にぴりぴりと感じて踏みとどまったが、やらせた灰島を内心で恨んだ。

心臓がどきどきしはじめる。

けれど不思議と萎縮はしていなかった。心臓がギアをあげ、全身に血液を送りだす準備をはじめた合図のように感じた。

代表決定戦まで、あと二ヶ月。

第三話　いばら姫は
ドラキュラの××で目覚める

1. HANDSOME GIRL

〝あっくん〟はその年の紋代《もんしろ》中学校バレー部に入部した一年生で一番小さかった。色白で線が細い子で、ボールの〝へそ〟があたったところが簡単に内出血してしまう。部活が終わると体育館前の廊下の水道で腕を冷やしているのをいつも見かけた。

すぐやめそうな子だなと正直思っていた。実際一学期が終わる頃には来なくなった子が他に何人もいた。その子たちを呼びにいこうという動きも女子の中であったけど、わたしは放っておけばいいと言った。試合の頭数が揃《そろ》わなくなるくらい減ったら困るものの、バレーを好きじゃない子に嫌々でてこられたってこっちのテンションが下がる。

今日も水道の前に細い背中が立っていた。蛇口の下に両手を差し入れ、痣《あざ》の痛みになのか水の冷たさになのかわからないけれど唇を嚙《か》んでじっと耐えている姿を見かねて、

「嫌やったら、やめれば?」

とわたしは声をかけた。

「あ、荊《いばら》ちゃん……」

あっくんが顔をあげ、別に隠すことでもないのに濡れた両手を気まずそうに長袖の中に引っ込めた。はんこをいっぱい押したみたいな赤い点々が両の手首に散っているのが一瞬見えた。

「怒られるんが怖いでやめれんの？　ほやったらわたしから先輩に言ってあげるし」

わたしなりの親切心だった。最初の印象に反してあっくんは意外にも未《いま》だ皆勤賞《かいきん》だったが、気が弱くてサボることすらできないんじゃないかと思ったのだ。

ジャージの両袖が伸びるほどに引っ張って、ねじって、結んだりしながら唇の先をもにょもにょさせるだけで、あっくんの態度はどうにもはっきりしない。焦《じ》れったくなって言葉を重ねようとしたとき、おずおずとあっくんが口を開いた。

「莉ちゃんは、ボール痛《いた》ないの……？　怖ないの……？」

「そんなこと言ってたら上手《うま》ならんやろ？」

「なんで上手なりたいの……？」

「なんでって……そんなんかっこいいプレーしたいでに決まってるやろ？」

胸を張って答えると、「かっこいい……プレー……？」とあっくんが首をかしげる。

「んーとたとえば、越川優《こしかわゆう》選手のジャンプサーブ見たことあるか？　華があるってあいうんを言うんやと思うわ。かっこいいんやわー。あとゴッツ石島《いしじま》！　スパイクもすごいけど、やっぱりブロック決めたときの雄叫《おたけ》びやの！　ひっで男前なんやー！」その場でばんざいをして敵のエースの強烈なスパイクをブロックするところをイメージするわたし。

「ほやほや、もっとすごいこと教えたげるわ。おとなの男子のネットの高さって、二メートル四十三センチなんやけど、わたしんちの天井とおんなじ高さなんや。ほんとやぞ？　お父さんに肩車してもらって自分で測ったんやもん。うちの天井より高いとこで男子の選手はスパイクとかブロックとかしてるんや。のぉ、すごいと思わん？　かっこいいと思わん？」廊下の天井に向かってぴょんぴょん跳ねてみるけれど、残念ながら今のわたしではとても届きそうにない。

一人で熱くまくしたてるわたしをぽかんとして見ていたあっくんが、

「莉ちゃんはすごいんやなあ……」

と感心したように言った。

「なに言ってるんや。すごいんは越川選手やゴッツやろ？」

「ううん」

とあっくんは首を振り、

「莉ちゃん、バレーのことひっでよう知ってるんやねえ。ネットの高さなんて、おれ自分がやってるんも知らんもん。おとなの選手のプレー研究してるなんてすごいし、フライングレシーブかってぜんぜん怖がらんのも、先輩にはっきり意見言えるんも……」

そばかすが散った生白《なまじろ》い顔を桜色に染め、うっとりしたようにわたしを見あげて言うのだった。

「荊ちゃんが一番かっこいいわ」

＊

ドルドルドルドルドルドガガガガン！

鼓膜をつんざくような轟音《ごうおん》が体育館に響き渡り、ちょうどスパイクを打とうとしていた棺野《かんの》が調子を狂わされて空振りした。

落ちてきたボールを手で捉えつつ棺野が困惑した顔でステージのほうを見た。わたしを含む女子部員たちも煩《わずら》わしげな視線を同じ方向に送った。

〝奇抜〟としか形容しようのない四人組がステージ上でドラムやギターの調整をしていた。ギターを提げた者がスタンディングマイクの前で「アー……イエッ」と金切り声を発すると、アンプとマイクがハウリングを起こして不快な高音が耳を引っ掻《か》く。黒板に爪を立てたときのあれを彷彿《ほうふつ》とさせて思わず「ひっ」とみんな身を竦《すく》めた。

「なにあれ。軽音？」

「うっさいわー」

部員たちから口々に文句があがる。新人戦が近づいてきてどうしてもみんなぴりぴりしている時期だ。

「ちょっと言ってくるわ」

押しつけあいになる前にわたしが率先してそちらに足を向けた。「荊ちゃん」「荊ー。お願い」みんなの声を背中に受け、肩を怒《いか》らせて歩きだしたとき、

「末森《すえもり》さん。おれが行きます」

と棺野が追いかけてきた。

「あんたはいいよ。練習続けてなって」

「いや……相手アレやし、一応」

わたしはまばたきをして、今では自分の顔よりもだいぶ高いところにある棺野の顔を見返した。毎日のように目に涙を溜《た》めて手首の痣を冷やしていた、あの小さくて頼りない〝あっくん〟がいつの間にかこういうことを言うようになったんだなと、頼もしいんだけど遠くなったような、複雑なような……。

ステージ脇の階段を一段飛ばしで上る棺野のあとをなんとなくわたしもそのままついていった。

「あのー。もうちょっと音抑えてもらえませんか」

棺野が控えめな声をかけた途端、マイクの前にいた軽音部員がぎょっとしたようなリ

アクションをした。

「おっ……びっくりしたー。メンバーかと思ったわ。２－Ｃの棺野やげ」

ドクロがプリントされた黒いＴシャツにブラックジーンズという黒ずくめの衣装に身を包み、顔全体を白く塗りたくっているのはロックバンドの一ジャンルの風潮なのだろうか。両目のまわりをぐるりと黒で縁取っているので、まさしく胸のドクロのように眼窩《がんか》が落ちくぼんで見える。すこしずつメイクや衣装に違いはあるが残りの三人も似たり寄ったりだ。

「おれはメイクでやってるんでは……」

棺野が不本意そうに呟《つぶや》いた。棺野の場合はもともと体質なのだが肌の色が蒼白《あおじろ》く、白人の子どもみたいに唇だけがふわっと紅《あか》いので、たしかにそういうメイクに見えないこともない。そのうえ長袖長ズボンの黒いジャージをすっぽりと着込んでいるので、この連中とまじってステージに立っていても案外違和感がないかもしれない。

「ほー言われても、ちゃんと実行委に割り振られてる練習時間なんやけどな」

「音、半分にしてもらうわけにいきませんか。文化祭近いんもわかるけど、こっちも大会近いんで」

「大会っちゅうたかって、うちの運動部なんかどーせ弱いんやろ？」

という軽音部員の言いようにカチンと来て、わたしは棺野の後ろから頭を突きだした。

「弱いことないわ。男子は来月の決勝勝ったら全国出場やぞ。そっちこそ文化祭んときだけちょっとステージやるだけで普段なんもしてえんやろが」

「なんやおまえ……って末森やったんか。でかいで男かと思ってたわ」

軽音部員も気分を害した声になってわたしの名を呼んだ。向こうはこっちを知っているようだが、メイクの下の素顔が想像できないのでわたしのほうは心当たりがない。

「末森さん、怒らしたら交渉にならんので……」棺野が肩越しになだめ、わたしの視界を遮《さえぎ》るように半歩横にずれた。そしてまた軽音に向きなおり、

「音、半分にしてもらえませんか」

控えめだった交渉口調が、二度目に口にしたときには心持ち低くなっていた。

結果として、文化祭当日に女バレのみんなでライブを見に行くというのを交換条件に音量を下げてもらえることになった。女バレの部員は一、二年だけで二ダース近くいる。それだけの女子のオーディエンスを確保できたのだから軽音としても文句はあるまい。

「そういうことでよろしくお願いします」

もとの声色に戻った棺野がぺこっと頭を下げ、「よかったね。行こっさ」とわたしを促してステージから飛びおりた。

「ん？　ところで棺野って女バレのマネやったんか？」

みんなのところへ戻ろうとしたとき、今さら疑問に思ったようにステージの上から問

いかけられた。

　棺野がちらりと一度わたしを見た。女子運動部の中に男子が一人という状況は事情を知らない人間からしたら不思議に見えるのは当然で、中学のときから何百回と同じ質問をされている。わたしはすっかり耳にタコができているが、棺野は腐ることなく、いつも初めて答えるみたいに誠実に応対する。

「いえ、おれは男バレの部員です」

　穏やかに、けれど、引け目があるふうでもなく、堂々と。

「ふーん？」

　よくわからないというふうに軽音は白塗りの顔を傾けたが、わからなくても別にいいようで、「男バレってそんな強かったんかー。全国なんてすげぇげ。壮行会とかあるんやったらおれらでめっちゃ盛りあげるぞ。イエッ」約束したそばからジャカジャーンと大音量でギターを掻き鳴らした。またしてもハウリングが起こって不協和音が耳を引っ掻き、わたしたちは迷惑顔で耳を塞《ふさ》いだ。

「それで盛りあげられてもたぶんうちは困るけど……ありがとう。ちゅうことで音下げてください。ライブのことはみんなに頼んどくんで」

「おう、よろしくなー。ほーいや２－Ｃは出し物なにするんや？」

「クラスのほう？……は、お化け屋敷、らしいですけど」

「ぎゃははは。ほらぴったしやな」

奇抜なメイクのせいで軽音は口が裂けるような笑い方をし、

「うちはクラスのほうはメイド喫茶やって。なあ末森？　女子みんなメイドのカッコするんやろ？」

と、こっちに話を振ってきた。——ん？　とあらためて考えて、遅ればせながらそいつの素顔にピンと来たのだった。なんだ、同じ２－Ａの男子ではないか。

「え」という声を漏らして棺野が振り返った。「え」というか「え」と「げ」のあいだくらいの声だった。

「どういう意味の反応や、それは」

わたしが上目遣いに睨《にら》むと「べ、別に変な意味はないです」と怯《ひる》んで目を逸《そ》らし、なにやらぶつぶつと「ふーん……そーなんや……ふーん………メイド喫茶」最後にぼそっとその単語を言った。棺野の口から言われるとなんだか猛烈に恥ずかしい。

「ど、どうせ似合わんわっ。しゃあないやろ、部活あるで準備手伝えんかわりに当日の当番はやらんわけにいかんくて……」提案した実行委員とノリで賛同したクラスメイトにも恨めしさが募ってくる。「み、見に来んなや？　来んでいいでな」

「えー」と不満っぽい顔をした棺野と「おまえが客減らすなや末森ー」と文句を言った軽音を順にぎろりと睨みつけた。

「似合わんことはないと思うけど……」棺野はまだちょっとぶつぶつ言ったが、「嫌やったらまあ、行きません……」と、しつこくは食い下がらなかった。

＊

棺野と女子バレー部の関係については少々補足が必要になる。

棺野秋人《あきと》は週の半分を女子バレー部で練習する男子バレー部員である。健康上の事情で屋外での長時間の運動ができないため、学校公認のうえで男子部が外練習の日は女子部の練習に参加しているのだ。わたしは棺野とは中一のときから一緒なので、〝半分だけの〟チームメイトになってもう五年目になる。

十月下旬現在、女子は十一月中旬にある新人戦に向け練習をしているが、男子の次の大会は十一月末の春高《はるこう》バレー県代表決定戦だ。両大会には二週間の間隔があり、当然調整スケジュールにも二週間の時差が生じる。男子部に所属しつつ棺野は女子とも足並みを揃えねばならないわけで、自己管理がちゃんとできないとめちゃくちゃになってしまうはずだ。

おまけに大会の前に割り込んでいる文化祭である。学校行事だから仕方ないとはいえ、限られた時間で練習を密にしていかねばならないこの時期、学校中がお祭り気分でバタバタしていては少なからず気勢が削《そ》がれるのは否めない。

「邪魔やなーって、青木《あおき》先輩なんかはっきり言ってますよ。二月とか三月とかに時期ずらしとけばよかったたって」

そう話しながら、男バレ一年生の黒羽《くろば》が通路を挟んだ隣のボックス席で菓子パンの袋をぱかっとあけた。一個腹に収めたところなのにもう一個どこからでてきたんだ……あきれつつわたしは相づちを打つ。

「めちゃくちゃ言う人やなあ。文化祭が二月や三月のとこなんてないやろ」

男バレ副主将の青木先輩は生徒会の副会長でもあった。生徒会長がなにを決めるにも副会長に頼りっきりだったらしくて、一般生徒から「影の会長」なんて囁《ささや》かれていた人である。もし本気でその議題を生徒会にあげていたら青木先輩だったら通してしまったのではないか。

「ほうや次期会長選の選挙運動期間って、春高予選を思いっきりまたいでたやろ。ちょうど予選の前の金曜が演説会で、予選あけた月曜が投票日で……あれも実質副会長が仕切ってたんと違う？　表向きは選管やけど」

「まじで⁉」

と、わたしの向かいの席で声をあげたのは棺野だ。「青木先輩、そんな忙しかったんや……。大会のこともいつもどおり仕切ってくれてたのに……」「ちゅうか青木先輩っていつの間にか副会長引退してたんですね。卒業するまで副会長やってる気ぃしてました」黒羽がのんびりしすぎていることを言ってあんぐりとパンにかぶりついた。

「あんたたち、いくらなんでも学校行事に疎《うと》すぎや……」

そもそも興味がないらしく反応すらしない灰島《はいじま》を含めて、わたしは男バレ部員三人を半眼で見やって溜め息をついた。わたしにしても女バレの中で自然と耳に入ってくるから知っているに過ぎないのだが、投票はしたぞ。

七符《ななふ》駅から乗ったときにはそこそこ混んでいた車内も、鈴無《すずむ》駅を過ぎると乗客がぐんと減る。この車輛《しゃりょう》に至っては今日はわたしたち四人の貸し切り状態だ。二人がけの座席が向かいあったボックス席を四人で二つ悠々と使っていた。わたしと棺野、黒羽と灰島がそれぞれ斜向《はすむ》かいに座り、各々が持ち歩いているずっしりしたエナメルバッグを隣に置いている。

男女バレー部いずれも終了時間を延長してもらっている時期なので、部活からあがるのが夜七時半。大急ぎで着替えて駅まで走り、五十五分発の電車に飛び乗る。わたしたちが住む紋代町駅まで二輛編成の寂れたローカル線で二十五分。これに乗れないと次は九時台まで一時間以上待たねばならず、しかもそれが終電だ。

窓の外にはすっかり夜の帳《とばり》がおりていた。鈴無市の市街地を離れるとまわりは田んぼばかりになる。漆黒の海の表面をたった二輛の心許《こころもと》ない電車が今にも沈みそうになりながら泳いでいく。

あっという間に陽《ひ》が短くなったなあと思う。九月中の残暑が嘘《うそ》のように十月に入ると一気に涼しくなった。夏は容赦のない酷暑にぎらぎらと炙《あぶ》られ、冬のあいだは重たい雪に閉じ込められる——春と秋が短い地方だ。男子の代表決定戦がある十一月末にはすっかり冬の空気になっているだろう。

初夏の六月には球技大会を騒がせた一年生も高校生らしい面構えになるわけだと、わたしは隣のボックス席にちらりと目をやり、

……そうでもないか。

「あんたら食べ過ぎやろ。帰ったら夕ご飯できてるんやないんか？　家まであとちょっとくらい我慢できんの？」

一年生二人がそれぞれ二つ目の菓子パンでハムスターみたいに膨れた顔をこっちに向け、順に口を開いた。

「我慢できんのです。今すぐ食わんと死にます」

「冬は燃費悪くなるんで」

「……も、いいわ。訊《き》いたわたしが悪かったわ」

男子はどんだけ食べても肥えんでいいよねえと、女子部の部室で日々嘆息とともに羨まれていることなどこいつらが知るよしもない。

仄白《ほのじろ》い蛍光灯に照らされる車内の風景が窓ガラスに映り込んでいた。車輌の両側の窓が合わせ鏡のようになり、わたしたち四人の姿が延々と繰り返されている。たくさんに増殖したわたしたちが細長い空間に閉じ込められている。冬服の季節だから、黒服の清《せい》陰《いん》生が何十人も乗り込んできて車内が急に混雑しはじめたようでもあった。

男女とも黒のブレザーにネクタイが清陰高校の冬服だ。帰るために着替えただけだから一年生二人はネクタイをしていないが、棺野はネクタイをきちんと締めているかわりに、ブレザーではなくパーカーを着込んでフードをかぶっている。俯《うつむ》きがちの蒼白い顔がフードの陰からガラスにうっすらと映り込んでいる様はちょっと心霊写真みたいである。昔一度だけ家族で行った東京のディズニーランドにこんなふうに鏡に映り込むホラー系アトラクションがあったっけ。小さい頃だったからけっこう怖かった。

「どうかしたんか？　急にテンション下がって」

一年生たちがパンを頬張りながらなにかしら二人で喋《しゃべ》っている一方で、さっきから棺野が静かになっていた。棺野が「あっ……ごめん」と顔をあげたが、浮かない様子でまた下を向いた。

「小田《おだ》先輩、おれを次の主将に、って言ってくれてて……あ、もちろん春高終わってからの話やけど」

「へえ……。まあほやろな、二年ん中やったらあんたしかえんしね」

初めて聞く話だったので驚いたものの、すんなり頷《うなず》けた。実力的にチームの中心を担う部員が多くの場合主将に据えられるものだ。男子部の今の二年の中で棺野が一番上手いのは誰もが認めるところだろう。

「ほやけどおれの立場って普通と違うやないですか……フルで練習参加できんで、今でも迷惑かけてるし……。ほやし小田先輩みたいにみんなを引っ張ってくんも、青木先輩みたいに部を動かすんも、あれは小田先輩と青木先輩やでできてたことやし……」

なるほど、会長選の話題のあたりからひっそり落ち込んでたのかと合点した。「小田先輩はともかく青木先輩の真似《まね》はせんでいいやろけど、あれの手綱を渡されるんは、たしかにプレッシャーやろなあ」

少々棺野に同情してわたしは隣の座席に目をやった。

誰が見ても弱小だった清陰男子バレー部を、全国出場を懸けた決勝戦に出場するほどの強豪チームにまでたった数ヶ月で押しあげた立役者でありつつ、一歩間違えばチームを崩壊させせかねないトラブルメーカーでもある一年生セッターは、菓子パンをかじっている最中に突然電池切れを起こしてうとうとと舟を漕いでいた。

「あーうん、別に灰島のことだけやないんやけど……」

と棺野が後輩を擁護する。灰島の名前がでたことが気になったのか、黒羽が灰島の手から滑り落ちかけているパンの袋を抜き取りつつ窺《うかが》うような視線をこちらによこした。

「九月の試合で、小田先輩がベンチに下がってたとき、おれ、ゲームキャプテンやのにぜんぜんみんなをまとめれんくて……。おれが引っ張らなあかんかったのに……。途中で小田先輩が入ってくれて、一番ホッとしたんが結局おれで……」

異論がありそうに黒羽が口を開きかけたが、なにも言わずに口を閉じてただ聞き耳を立てている。

「ほやでどうやったら、おれなりのチームの柱になれるんかっちゅうんを……あと二ヶ月半くらいやけど、ちゃんと考えて、自信もって引き継げるようにしとこうっていうふうに、思ってて」

そう言って、フードの陰で唇を一文字に引き結ぶ。膝の上で軽く握った両の拳を見おろす瞳にはしっかりとした光が宿っていた。

なんだ……そういうことか……。

わたしは棺野の顔を見つめてから、微妙にきまりが悪くなって顔を伏せた。

今の三年生のようにはなれないから主将を引き受ける自信がないっていう話かと思って聞いていたけど、そうではなかった。迷っているとか、遠慮があるとかではなくて、自分が引き受けるべき役割だという認識が当たり前にあったうえで、もっと先のことで悩んでいたんだ。わたしが知っている昔の棺野だったら、自分には無理ですって謙遜《けんそん》して引っ込んでしまったかもしれないのに。

今ではもう、そんなふうに逞《たくま》しい悩みを持つようになっていたのか。

「……なんか差ぁついたなあ、いつの間にか」

自嘲《じちょう》してわたしは窓に寄りかかった。隣のボックス席で身体《からだ》を斜めにして眠り込んでいる灰島とちょうど反転したような姿勢になり、ガラスの中で重なりあう。

「わたしは新人戦でれるかどうかっていうところになんとかしがみついてんのに、あんたは全国に王手かけてて、来年は主将で」

高校生になった頃からぐんぐん伸びはじめた棺野と反対に、わたしはちょうど同じ頃に躓《つまず》いて、それから長らく足踏みしている。

練習したら男子の選手と同じことができるようになるって、昔は無邪気に信じて疑っていなかった。自分が望む限りなんにだってなれる、どこまでだって昇っていける感覚だった。その感覚こそが宝物だったのだと気づいたときには、どこかで失《な》くしてきていた。

僻《ひが》みっぽいことを言って余計に悩ませてしまったなあと軽く自己嫌悪に陥ったが、

「末森さん、新人戦でれるの⁉」

と棺野が逆に顔を明るくして食いついてきた。

「まあ……交代するチャンスがあるかわからんけど、三年生抜けたでたぶんベンチには入れると……」

「ほんとっ？　おれ見に行ってもいい？」

目を輝かせて身を乗りださんばかりの勢いで言ってくる。なんでいきなりこんなに食いついたんだとわたしのほうがちょっと引きつつ「ほやで交代するチャンスあるかわからんって……」

「でれんくてももちろんチームの応援するけど、ほやけどでれたらいいなあ。末森さんが公式戦でプレーするとこ見たいなあ。うわー絶対行くわー。ひっで楽しみやー」

「新人戦やぞ？　スター選手が来る国際試合やないんやで……」

人が変わったかのような急激なテンションのあがりっぷりがなにかを連想すると思ったら、あれだ。なにやらブレイク中らしいバンドのライブツアーがこの福井にも来るというので、絶対行くんだと息巻いていたクラスの女子と同じものを感じる。ひっでかっこいいんやー。わたしなんかインディーズのときからファンやったんやもんー。ひっで楽しみやー。

未だに棺野がわたしの〝ファン〟であるらしいことが、くすぐったくもあるのだけど、どっちかというと困惑する。だって今はもうわたしなんかお手本にしなくても、あんた自身がよっぽどかっこいいプレーするんだから……。

あえて厳《いか》めしい顔を作って言った。

「応援来るんは別にいいけど、代表戦の二週間前やぞ？　そっちも練習あるやろ？」

九月に行われた春高予選で女子は敗退し、それをもって三年生が引退した。二年中心の新チームで臨む最初の大会が新人戦になる。一方の男子は新人戦の出場は見送ることになっている。三年は出場できないのでメンバーが六人ぎりぎりになってしまうのだ。清陰と代表戦を戦う相手である福蜂《ふくほう》工業のほうは一、二年生チームで新人戦にも毎年でているらしいが、清陰は代表戦一本に照準をあわせることにしたそうだ。

「まさか代表戦まで残ったたっちゅうだけで満足して気ぃ抜いてるわけやないやろな。福蜂に勝つ気なんやろ？　全国の切符取るんやろ？」

棺野が姿勢を正して座りなおした。引き締まった表情で顎《あご》を引き、「うん――」

「勝ちますよ」

と、隣のボックス席からの声が棺野の声にかぶさった。

寝入ってしまったとばかり思った灰島が、身体を斜めにしたまま薄く目をあけ、鋭い視線を虚空に据えていた。

「全国の切符は取ります。今年のチームで」

ぼそりと呟いただけなのに、この一年生の声は車内を満たす走行音に掻き消されることなくはっきりとここまで届く。

「っておまえが言ってもてどーすんじゃ！　空気ー！　空気読めー！」

黒羽が灰島の脛《すね》をつま先でつついてすいませんというように目配せしてきた。「え、なにが。なんだよ」と灰島がやり返す。心なしかこめかみを引きつらせて灰島を睨んでいた棺野が諦観《ていかん》したような溜め息をつき、わたしのほうに目を戻して、

「そういうことです」

と苦笑を浮かべた。

「あとメーワクとか、かけないようにするんで……なるべく」

と、黒羽とまだちょこちょこやりあいながら灰島がもうひと言言った。一変して聞き取りづらくなった声にわたしたちがきょとんとすると、黒羽が灰島の鼻先に人差し指を突きつけて通訳する。

「新キャプテンに苦労かけんようにするっちゅうことをこの問題児が言ってます。チームワークを第一にし、問題起こさんように自重し、先輩を尊重し新しく入ってくる後輩をかわいがるそうです」

「そこまで言ってねえ。勝手に増やすな」

灰島が口を歪《ゆが》めて黒羽の指をはたき落とした。

わたしは棺野と顔を見あわせて一緒に噴きだした。

たぶん大丈夫だ。「自分なりのチームの柱に」と棺野が言ったように、来年は来年で今年とは違うやり方がある。頼もしい三年生がいなくなるのは不安だろうけど、新一年生も入ってくるし、棺野は棺野なりの主将として慕われるに違いない。来年のチームな

りの雰囲気の中で新しい関係性がきっと形成されていくだろう。僻んだり比べたりするよりも、高めあって自然にチームになっていく——男子のチームってそういうものだと思うから。

2. FRAGILE BALL

「おかえりなさいませーご主人様ー。メイド喫茶『にえー』です。ぜひお立ち寄りくださいー。あっご主人様ですかあ？　おかえりなさいませ！　ご主人様二名様ご帰宅でーす。いらっしゃいませー」

全体的にツッコミどころがありすぎる台詞《せりふ》を滑らかに口から紡いであやのが他校の男子の二人連れを教室に押し込む。そのあやのの隣ででくの坊みたいに仁王立ちして、じろじろ見てくる通行人を睨んでいるのがわたしである。

例年十月末の土日に行われる生徒会主催行事「清陰秋嶺祭《しゅうれい》」、いわゆる文化祭の一日目。二年A組の教室は可愛らしい雰囲気の喫茶店風に飾りつけられ、机をいくつかの島にしてテーブル席が設けられた。廊下に立てられた「メイド喫茶『にえー』」の看板を挟んでメイドの衣装に身を包んだわたしと、メイドでもなんでもない普通の制服姿のあやのが立っている。

「あやの、あんたのクラスここやないやろ。なんでうちの呼び込みしてるんや」

「まーいいでないの。莉ちゃんのメイド姿拝みに来たついでやもーん。けっこう楽しいなあこれ。うちもメイド喫茶やればよかったのに」

あやのはバレー部のチームメイトだ。バレー選手にしては小柄で、一七三センチのわたしより十五センチも小さい一五八センチ。肩の下まであるふんわりした天然パーマの髪を練習のときはくくっている（結べない長さにするとバクハツしてしまうとのことだ）。体型も女の子らしい丸みがあって……胸も大きい。

「こういうんはあんたのほうが似合うよ……」

「なに言ってるんや、もおー。莉ちゃんかって似合ってるって。あ、部のみんなに写真送っといたでねー。一年の子らもみんな欲しいって言ってたんやよ。もっと自信持っていいんやって莉ちゃんはー」

「メイドのカッコが似合う自信なんていらんし……。スカート短《みじか》ない……？」

制服以外でスカートなんて普段ほとんど穿《は》かないので、短い裾《すそ》と膝上丈のソックスの隙間にできる空間が非常に心許ない感じだ。ピンクと白っていう可愛らしさを押しだした配色のやたらひらひらした衣装が自分に似合っているとも思えなかった。頭につけたレースの飾りも、短くしている髪には無理があると思う。

「ご主人様、何名様ですかー？　おかえりなさいませー。いらっしゃいませー」

あやのがまた通行人を捕まえる。今度は学内の男子のグループだ。戸口をくぐり際「末森さん、萌《も》えるー」とかいって口笛を吹いていったそいつらをわたしはキッと睨みつけた。「荊ちゃーん、人殺しみたいな目つきやめて……。せっかくかわいいカッコしてるのに」

メイド喫茶『にえー』はなかなかの繁盛っぷりで教室内は混みあっていた。ホール当番の女子たちがけっこうノリノリでご主人様ー、おかえりなさいませー、と応対する声や、お客（男子が多いものの女子にも案外ウケている）が囃《はや》す声が廊下まで聞こえており、その楽しげな賑《にぎ》わいがさらにお客を呼び込んでいる。

「ほんな顔してたら服がかわいそうやわ。服飾部の子らが荊ちゃんに着てもらうん楽しみにして、ひっでこだわって作ったんやって聞いたよー。荊ちゃん脚長いしモデルさんみたいにスタイルいいんやで、絶対素敵やって」

「服がよくできてるんはわかるよ。すごいと思ってる」

うちのクラスには服飾部に入っている女子が四人もいる。店員の衣装の製作は彼女たちの担当だった。何度も細かく採寸されたので身体にぴったりあっているし（クラスの女子の中でわたしだけ飛び抜けて背が高いので衣装の使いまわしができないのだ）、縫製もお店で買ってきた服みたいにちゃんとしている。お裁縫なんてわたしはゼッケンを縫いつけるのがせいぜいのレベルなので、同い年でこんな技術を持ってる子がいることには素直に感服する。

「服飾って部のほうでショーもあるやろ。そっちの準備もして、クラスの衣装も作って、たいへんやったと思うよー」

「……」

服飾部の四人が今朝やつれた顔をしていたのを思いだす。昨日は徹夜で衣装を完成させたのだろう。なのにまだこだわってみんなに着せた衣装をチェックしてまわって、開店直前まで糸やら安全ピンやらで微細なサイズ調整を続けていた。疲れているはずなのに、なにかトランス状態に入ったかのように集中してめまぐるしく働いていた。

スポーツの世界には〝ゾーン〟っていう言葉がある。でもスポーツじゃなくても〝ゾーン〟に入ることがあるようだ。わたしの勝負の舞台がバレーコートであるように、文化祭は彼女たちの真剣な舞台なのだろう。

長々と不満を垂れているのは、潔くない。

一つ咳払《せきばら》いをし、意を決して口にした。

「……おかえりなさいませ、でいいんやったっけ」

あやのが目を丸くしてわたしを見た。

「やるとなったらちゃんとやるわ。かわいいかどうかは別として」

「荊ちゃん……」

顔をくしゃっとさせてあやのが笑い、

「ほらな？　そういうとこ、やっぱり荊ちゃんはかっこいいわ」

「……あんたにはかなわんわ」

まったくあやのはわたしを操縦する方法を心得ている。不平を言いにくい状況を刷り込んでおいて、最後に殺し文句でとどめを刺すんだから。……かっこいい、と言われてわたしが引き下がれるわけがない。

「荊ー。そろそろ中と交代やって」

教室の中から同じ衣装を着たクラスメイトが顔をだした。

「呼び込みご苦労さん。おかげで大繁盛やわ」

「はーい。呼び込んでるんわたしやないけどな」ホール当番というのもそれはそれでハードルが高そうだが、こうなったら清水の舞台から飛びおりるつもりでやりきるしかないとわたしは奮起し、「ほしたらわたし中入るけど、あやのどうする？」

「あ、ほやの。わたしも自分とこの係あるで戻らんと」

自分のクラスがあるほうに目をやってあやのが言ったが、どうにも立ち去りがたそうにしている。

「あのなー、荊ちゃん……」

「ん？　なんや、なんか用あったんか」

あやのにだってクラスの当番があるはずなのに、どうりで長々と隣にくっついていると思ったら。呼び込みに協力してくれていたのもなにか他に話したいことがあったからだったのかと腑《ふ》に落ちた。

「後夜祭のダンパにあきとん誘っても、いいかなぁー？」

わたしの顔を直視せず、居心地が悪そうに身をくねらせてあやのが切りだした。あきとんというのは女バレ内での棺野の愛称だ。

「うちのクラス、みんなペアで参加するって流れになってて、知らんうちにみんなもう相手決まってたんやけど、わたし他に男子思いつかんしー」

口を尖《とが》らせてちょっとくちゅくちゅした言い方で。準備運動でもないのにつま先を床につけて足首をまわしたりして。もじもじした仕草がいかにも普通の女の子な感じで、わたしはつい言葉を失って見つめてしまってから、

「あー……」空気が抜けるような声がでた。「なんや、そんなことか。いややな、断らんでも誘えばいいやろ。わたしは棺野の保護者やないんやで」

「莉ちゃん、あきとんに誘われたりしてえんの？」

「あはは。誘われるわけないやろ。あの棺野やぞ？　女子をダンパに誘う度胸なんかないって」

笑い飛ばしてから、しまったと内心で焦る。これじゃああやのまで傷つける。気にな

っている男子をバカにするようなことを本人の目の前で言うなんて。

「あはは。ほやのー。だいたいあきとんダンパなんか行きたがらんよねー」

あやのも笑って返してくれたが、白っぽい笑いだった。互いのリアクションを窺いあうようなやりとりがいたたまれなくて、苦しい。

わたしたちは友人で、信頼しあっているチームメイトだ。わたしはあやのが好きだし、あやのからもたぶん嫌われてはいないと思う。なのに互いに本心をだせないことってい うのがいつからかできてしまって。触れたら簡単にはじけてしまう風船のようなものが ときどきぷかりと二人のあいだに現れて、わたしたちはそれを割らないように、そうっ とした扱いで相手のほうへと押し返す。これがバレーボールだったら力加減だってよく わかっているのに、わたしはこの風船を完全にもてあましている。

「……大丈夫やよ。棺野が優しいんは、あやのが一番よう知ってるやろ。一緒に行って くれるで……大丈夫やよ」

本当に思っていることまで嘘っぽく聞こえていなければいいと願いながら口にする。本心まで嘘に聞こえてしまったら、それが一番嫌だ。あやのが本当に思って言ってくれ ていることは、わたしも疑わずに受けとめることができているだろうか。

＊

「ご主人様二名様ご帰宅でーす！」

廊下の呼び込みが新たなお客を案内する。わたしたちホール担当は精いっぱい可愛らしい声と笑顔で出迎える。

「おかえりなさいませーご主人様ー」

うげっ、とわたしが思わずあげたぜんぜんかわいくない声が他のみんなの声を台無しにした。

「おーすげぇな。2－Aまでメイド喫茶やってるぞ」

戸口をくぐってのしのしと入ってきた大柄な男子は2－Bの大隈《おおくま》だった。「おれはいいですって……」と嫌がる一年の黒羽の肩口を摑《つか》んでほとんど連行するような扱いで伴っている。

「いやよいやよも好きのうちやろが。おっいたいた。末森さんや」

高い目線から教室を見渡し、お盆を顔にかざして気配を消していたわたしにめざとく目をつけて（くそ、見つかったか）「主将ー。こっちや、こっちー」と廊下に向かってデリカシーに欠けた大声を張りあげた。「おーい副主将、どこ行くんや。こっちやってこっち」

大隈にしつこく呼ばれてさらに二人が戸口に顔を見せた。飄々《ひょうひょう》としたキリンのような印象ののっぽの男子と、小柄だけれど凛々《りり》しい日本犬のような印象の男子の二頭連れ、ならぬ二人連れ。男バレ正副主将、小田先輩と青木先輩だ。二人とも気乗り薄な感じでためらっていたが、「ご主人様二名様、追加でご帰宅でーす」と呼び込みに背中を押されて戸口をくぐった。

小田先輩は別としても、男バレの上から数えて長身者三人が居並ぶと教室の天井が低くなったように見える。よりにもよって顔見知りが四人同時か……！　男バレ人口の五割じゃないか。男バレの中でなにを言いふらされるかとわたしは戦々恐々としつつ、四人が座ったテーブルにぎくしゃくとメニューを持っていった。顔見知りの客には顔見知りが応対するというありがた迷惑な不文律があるのだ。

「お……おがえりなさいませ」なんか濁点入った。

「ご主人様って言わんのけ？　ほれほれ、ご主人様ー」

大隈がさっそく冷やかしてくるのでむかっとして「ご主人様っ。ご注文は⁉」メニューをテーブルに叩きつけると四人がぎょっとして身を引いた。

ちなみにメニューには女子製作のパウンドケーキやシフォンケーキといった普通においしいものもあるのだが、目玉メニューは「メイドさん特製レインボージュース」というやつで、これは奥で化学部の男子がアルカリ性と酸性の特性がうんぬんかんぬんとかいう理論で謎のナニカとナニカをビーカーで混ぜて製作している。メイドさんが作っているわけではない。

「主人が帰宅して金払って料理を注文するって、どういう状況なんや？」

小田先輩が青木先輩のほうに身体を傾けて訊いた。

「東京発祥のそういう文化や。深く考えんとけや」

青木先輩は一応システムをわかっているらしい。

「文化……のことはようわからんな……。東京って言われるとなおさらや。牛鍋みたいなもんか」

という小田先輩の納得の仕方に「ぶっ」と青木先輩が噴きだした。なにか急にツボに入ったようだ。手の甲で口を覆って横を向いたがまだ肩が震えている。

大隈がわたしの頭の飾りから足もとのローファーまで視線を一往復させ「ほほー」とにやにやする。「エロい目で見んなや。あほ」わたしはお盆で太腿《ふともも》を隠した。

「冷やかしに来たのに……なんや、思ったよりぜんぜんいいなあ」

「は、はあ⁉」

「なあ黒羽？」

「えっ？　は、はい……あの、かわいいです、先輩」

上目遣いでちらちらこっちを見て黒羽が顔を赤らめるのでわたしまで顔が熱くなった。

「ほー。黒羽は背高《せいたか》女子が好みけ。なかなかマニアやな」

「好みとは言ってえんやないですか。なんですぐそーゆう話にするんですか。あっ、好みやないっちゅうわけやないですよ？　ほ、ほんとに似合ってます……」迷惑そうに大隈に言い返してから慌ててわたしにしなくてもいいフォローをする。男バレに一年生は二人いるのに、黒羽のほうだけがよく大隈の被害にあっているようである。ちょっとかわいそうになってくる。

「大隈。あんたB組に徒党組んでた連中がいるやろが。後輩引きずりまわさんと、そっちとまわればいいんでないの」

球技大会のときに小田先輩にいちゃもんをつけたのが、大隈組とでも言うべきガタイのいい四人組だった。そういえばあの連中とつるんでいるところを最近見ていない。存在感が暑苦しいから見かけたら気づくはずだが。

「あー……。はははは」

大隈がとぼけたような笑い声を立てた。

黒羽が気遣わしげに大隈を見た。二人でメニューを眺めてレインボージュースの原材料について推測していた青木先輩と小田先輩も口をつぐんで目をあげた。

「あっ……」すぐに迂闊《うかつ》な話題だったことに気づき、わたしは赤面して「ごめん」と謝った。

細い者が多いバレー選手にしては厳つい体型をしているこの大隈は、元ラグビー部員だ。六月の球技大会でバレーに参加したのをきっかけにバレー部に転部した。ラグビー部をやめるにあたってひと悶着《もんちゃく》あったか、多少なりと反感を買っていたとしても不思議はない。密に活動している部になればなるほど入るとき以上に抜けるときのハードルが高くなるのが常だ。女子が多い部のほうがその傾向は強いものの、ラグビー部は男子間の絆《きずな》が特に強い。

一番がさつなくせに、転部というデリケートな経験をしているのが今の男子部の部員で大隈だけなのだ。

「おいおい、末森さんがへこんでどうすんや。別にハブられてるわけやないって。やめるっちゅうたときはそりゃちょっとはぎすぎすしたけど、今は普通に喋ってるしな」

大隈がわははと笑った。いつものようにがさつ、よく言えば快活に笑ったけれど、テーブルには微妙な空気がまだ漂っていた。鼻白《はなじろ》んだように肩を竦めて大隈が仲間の顔を見まわし、

「なあ末森さん」

わたしに向かって訊いてきた。

「バレー好きけ？」

「あ、当たり前やろ」

「ほうかほうか。ほんならおれと一緒やな」

と、よく笑う大ぶりの口の両端をにかっと吊《つ》りあげて白い歯を見せた。

「聞いて驚くなや？　今おれ毎日上手《うま》なってるんやぞ。こりゃ日本代表に呼ばれる日も近いなあ」

「おまえの場合ははじめたばっかりやでじゃ」

即座に青木先輩からツッコミが入る。けれどちょっと優しい笑みが浮かんでいた。小田先輩に至っては目を潤ませて言葉を詰まらせている。「先輩っ、次どこまわります？　今日一日つきあいます」黒羽が覚悟を決めたようにパンフレットをだして身を乗りだした。

「……よし。好きなもん一品奢《おご》ったるわ」

ここはわたしも大隈の心意気に応《こた》えてサービスしないわけにいかない。

「おっ、さすが末森さん、気っ風《きぶ》がいいなあ。ほやったら遠慮せんぞ。これ。これ」

と大隈が指さしたのは、ポスターカラーを駆使して虹色で書かれた「メイドさん特製レインボージュース」の文字であった。それは個人的にはおすすめしないけど……まああえてはなにも言うまい。人によったらおいしいかもしれないし。

「ほんなら青木、おれたちは二人でまわるか」

感に堪《た》えないような面持ちで後輩たちのやりとりを眺めていた小田先輩が気を取りなおして青木先輩に言った。

「ん？　ああ、いいけど伸《しん》、おまえが興味あるもんあんまないやろ」

「まあほやけど、最後やしな、おまえと文化祭まわれるんも。去年はおまえ、運営側であほみたいに忙しかったやろ。今年はやっとゆっくり客として見てまわれるな。まあ今日ぐらいはのんびりしよっせ」

屈託なく言う小田先輩の顔を青木先輩がきょとんとして見つめ返し、「ああ……ほやな、ほんなら二人でゆっくりまわるか」なんだか毒気が抜けた顔で頷いた。

「えーなんや、ほれやったら四人でまわればいいんでねぇんか」

「ついてくんなや。やかましくてかなわん」

大隈が図々しく入り込もうとしたがぴしゃりと拒否された。

3. FESTIVE MAGIC

文化祭二日目。わたしは二年C組の戸口の脇からひょこっと頭を横に倒して、教室の中をどうにか窺おうとしている。

戸口に幾重にも垂らされた暗幕が中の様子を覆い隠していた。頭上の看板には「本格的ホラーハウス『Cの館』」というおどろおどろしい血文字と、蒼白い顔の怪人が裂けた口から鋭い牙を剝《む》いている絵が描かれている。お化け屋敷と聞いて人魂とかコンニャクとかがでてくる和風のあれだとばかり思っていたが、意外にも西洋風のほうだった。棺野が中でなにをやらされてるか容易に予想がついた。ベタすぎるだろ……。

午後四時をもって一般公開が終了し、ここ二日間の日中の賑わいが嘘のように校内の人気《ひとけ》は少なくなっていた。すでに展示の片づけをはじめている教室もある。

我がクラスのメイド喫茶も予想以上の盛況となり、わたしは結局二日間メイド姿で教室に張りつくことになった。おかえりなさいませーご主人様ーもすっかり口に馴染《なじ》んだ。残りの人生で二度と口にすることはないだろう。あったら困る。

「荊もお疲れさんやったねー。今からでも外見てきねや」とようやく解放されたのが先ほどのことだ。着替えてたらなにも見れなくなるからと急《せ》かされて教室から半ばつまみだされた形だった。なんとか摑んでくることができたジャージをはおり、頭の飾りだけは慌てて取ったが、この恰好《かっこう》で一人で放りだされてどこへ行けというのか？

……と、いうわけで途方に暮れた末にわたしは現在C組の前に立っている。

見に来るなとはたしかに言ったが、本当に一度も来ないんだもんな……。

「メイドさん、興味あったら入ってってや、入ってってやー」

廊下で呼び込みをしていた男子が声をかけてきたので、思わず廊下の反対側の窓辺に張りつくらいの勢いで飛び退《の》いたら逆に相手をびっくりさせてしまった。

「べ、別に興味ないしっ、えーと……あっ、あの子あんなとこにいたわー」

友だちを捜していたのだという体《てい》を白々しく繕《つくろ》って窓のほうに顔を向けたときだった。

窓の外に本当に見つけたものがあった。

晴れ渡っていた空も彩度を落とし、後夜祭のキャンプファイヤーが映える色へと変わりつつある。二年の教室があるのは三階なので校舎外の様子が俯瞰《ふかん》できる。一般来場者はもう退場を促されている時間だが、居残っている他校の制服姿の女子グループが清陰生の男子二人連れを呼びとめているのが見えたのだった。

黒羽と灰島ではないか。

「わー……。逆ナン……？」

こっちが妙に気恥ずかしくなってわたしは窓枠の陰に身を寄せた。

彼らが男前かどうかの評価は置いておくが（石島《ゴッ》や清水《ゴリ》に比べたらヒョロすぎると個人的には思う）、背が高いというだけで少なくとも目立つのはたしかだ。あの制服は鈴無市の高校のはず……おだんご頭の子を見たことがある気がする。同じ中学だったかもしれないが、思いだせない。

今のところ色気より食い気っていう感じでしかないあの一年坊主にまでこんな浮ついた状況が降りかかるとは、これも文化祭の魔力だろうか。文化祭を境にカップルが急増するという話もあるし、うちのメイド喫茶にも他のクラスや他校の彼氏と思《おぼ》しき男子が彼女のメイド姿を見に訪れておおっぴらにいちゃいちゃしていたものだ。文化祭という非日常が生みだす魔力がどうもみんなをいつもよりふわふわさせるような気がする。

「のぉのぉ、まじでけっこう怖なかった？」

「のぉー。ほんとにこんな本格的やと思わんかったー」

話し声が聞こえてC組のほうに目を戻すと、出口側の暗幕をくぐってでてきたグループがいた。怖いと言いつつも興奮した様子できゃっきゃとよろこんでいる。「最後んとこにいたドラキュラ、あれ一番やばなかったー？」「てかちょっとかっこいー」「えー、趣味わるー」

それって……。

入り口側をちらりと見ると、さっきの呼び込みは暗幕に頭を突っ込んで「そろそろ終わりにすっかー？」などと中にいる誰かと話しているところだ。

それを確認した瞬間、足が勝手に動いていた。わたしは廊下を横切り、呼び込みの目を盗んで出口側の暗幕の隙間から中へと身を滑り込ませた。

教室内にも暗幕が垂らされて細い通路が作られていた。しかしすぐにすこし広くなっているスペースにでた。ベニヤ板に描かれた背景や小物が西洋のお城をイメージさせるが、全体的に色合いが青暗く、華やかさとは無縁の陰気な雰囲気が漂っている。

青いセロファンで覆われたスポットライトがスペースの中央を照らしていた。

黒い箱がそこに置かれていた。人一人が寝そべることができそうな、どっしりとした長細い形の――棺桶《かんおけ》だった。蓋《ふた》が半分ずらされているが、箱の底は真っ暗で見ることができない。

唾を飲み、慎重な足取りでそちらへ近づく。と、踏みだした足がふいに沈み込み、みしっと大きな音がした。「ひっ！」小さな悲鳴が喉から飛びだした。

床に敷かれた段ボールの下になにか仕掛けがあったのだ。

「な、なんやもう、文化祭でこんな本格的に脅かさんでも……」

どきどきする胸を押さえて文句を言ったときだった。

その音が目覚めの合図だったかのように、棺桶の底に横たわっていた何者かが身を起こした。

陰気なスポットライトの下に浮かびあがった人影が、ゆらぁりと首をまわしてこちらを向いた。身に纏《まと》った黒い衣装と、死人のように蒼白い顔。モノクロの風貌《ふうぼう》の中で、赤みを帯びた唇と金色のような不思議な色をした瞳だけが彩度を放っている。その紅い唇を開くと、両端から人間にしては異様に発達した犬歯が覗《のぞ》いた。顔色と同じように蒼白く骨張った手指を棺桶の縁にかけ、のそり、と這《は》いだしてくる。

「……血……血が欲しい……」

地の底から一滴の水を求めるかのような、渇いた低い声が牙の隙間から紡がれたところで——。

「……ぶはっ」

頬をぴくぴくさせていたわたしはとうとう我慢ができなくなって噴きだした。

「か、棺野、なにやらされてるんやあんた。あかん、も、もうおなか痛い、ハマりすぎやって……」

黒いマントでスポットライトが遮られた。おなかを抱えて顔をあげると、いつの間にか棺野がすぐ間近にいた。

「……血が……欲しい……」

囁くように言って詰め寄ってくる。

「なんや、ノリノリやないの。ほやけどもういいって棺——」

まだ笑いながら言いかけたとき、肩を摑まれた。驚いて笑い声が消えた。

「荊ちゃん……血……」

棺野が頭を下げ、わたしの首筋に唇を近づける。さらりとした髪が頬に触れ、首筋に息がかかった。肩から落ちかかったマントに一緒に包み込まれた——棺野の、匂い……?

だけに、包まれる。長身で遮られていたスポットライトが再び目に飛び込んできた。青いお月様みたいに頭上に浮かぶスポットライトを凝視したままわたしは硬直していた。棺野に聞こえるんじゃないかというほどに心臓だけがばくんばくんと鳴る。

「あのー……。そろそろ怒ってくれんと、ここからどーしたらいいんか……」

と、頭を低くしたままもごもごした声で棺野が言った。

……え？　と真っ白になったとき、がりがりっという雑音が上から降ってきた。「わっ」と棺野が飛びすさって自分のマントの裾を踏んでひっくり返って棺桶に後頭部をぶつけた。「痛《い》てっ」

勝手にテンパっている棺野の前でわたしがまだ硬直して突っ立っていると、頭の上から雑音まじりの声が聞こえた。天井のスピーカーからだ。

『あーあー。えー、ご来場の皆様、本日は清陰秋嶺祭にお越しいただきありがとうございました』

新しい生徒会長の声だった。

『一般公開は終了していますので、まだ校内に残っている方は恐れ入りますが速やかにご退場をお願いします。生徒の皆さんは第一――』

まだ続きがありそうだったがそこでぶつっと放送が途切れた。

尻もちをついて天井を見あげていた棺野があらためてはっとしたように跳ね起き、そ

の場で正座した。もごっとなにか言いかけてから、マウスピースのようなものだったらしい牙を口の中から外し、

「オチがつかん冗談やらかしてすいませんでした。二度といらんことせんので怒らんでください。っちゅうか怒ってください」

両手とおでこをべったり床につけてマジの土下座をした。

冗談……。

そりゃそうか……と身体から力が抜けた。と同時に猛烈な恥ずかしさで汗が噴きだしてきた。

「そっ、そういう演出なんかと思ったでつきあってやっただけやぞっ」

「みんなにやってるわけないでしょう。お客さんにさわるんはお化け屋敷のルール違反やないですか」

「ほんならなんでわたしにだけやったんや」

「ふ、服が……かわいかったで、つい」

不意打ちの答えだった。「なっ⁉」がばっとジャージを胸の前で掻きあわせたら棺野が「あー」と文句がありそうな声をだした。すぐに「いえなんでもありません」とごまかしたが、なにか訴えかけるような目で見あげてくる。なんだその、見せてくれないかなーっていう目は。黒マントをはおったドラキュラ伯爵が棺桶を背に折り目正しく正座

して上目遣いに見あげてくるという目の前の光景に頭痛がしてきた。

わたしだって本当は見せたくて来たのかもしれない。この二日でみんなにけっこう褒められたから、思ったよりは変じゃないのかもって、気をよくしたのもあったし……。

視線の圧力に負けてジャージを摑む手をゆるめると、棺野がぱあっと嬉しそうな顔になった。「頭の飾りも取らんほうがよかったのに」

ん？

眉をひそめて手をとめた。

そのときスピーカーから再び雑音が流れた。中断していた放送のスイッチが入ったようだ。消防署？　あー大丈夫大丈夫、とかいう内輪のやりとりが遠く聞こえてから、さっきの生徒会長の声が近くなった。

『えー、続けます。清陰生諸君、秋嶺祭お疲れっした！』

さっきと比べてずいぶんフランクである。

『みんな早めに第一グラウンドに移動してやー。片づけの時間は明日取ってあるで、今日やらんくていいです。明日できることは明日やるが生徒会伝統のモットーです。後夜祭はじまるぜッ！』この適度に適当な感じは青木先輩が残した伝統だろうな……。

後夜祭の目玉がキャンプファイヤーを囲んでのダンスパーティーだ。クラスや部活の出し物で仮装していた者はその恰好のまま参加するのが慣例なので仮装パーティーのようになる。明日から戻ってくる日常に最後の抵抗を示すかのようにみんな我を忘れてはしゃいで盛りあがる。陽が落ちてからの十月末は急に冷え込むが、火を囲んで騒ぐのにかえってちょうどいい季節だ。

「そろそろ着替えて行かな」

放送が終わると棺野がそう言って立ちあがった。

「ほやね。もう後夜祭かー。なんか二日間あっという間やったな」

空々しく笑ってわたしも調子をあわせた。結局ジャージは脱がずに手をおろした。

生徒の移動がいっせいにはじまったようで足音や話し声で外が騒がしくなる。校舎から切り離された異次元空間のようだったホラーハウスの雰囲気もいつもの学校の活気にぶち壊されて、ただの教室に戻った。よくよく見たらやはり高校生が作ったレベルのセットでしかなかった。

……バカみたいだ、と自分にがっかりしていた。お祭り気分に影響されて浮ついていたのはわたしも同じだったようだ。あやののことも忘れて……言いにくかっただろうに、あやのはちゃんとわたしに断りに来たのに。わたしは黙って抜け駆けするようなことして。

「あっいえ、おれは後夜祭はパスなんです」

脱いだマントを適当に丸めて棺桶の中に突っ込みながら、ところが棺野がそう言った。

下に着ているものは普通に制服だ。

「なんで？　あやのがダンパ一緒に行こって言ってこんかった？」

「あ、うん、誘ってもらったけど、練習あるでごめんって言って」

「練習？」

「あー先にコンタクト外してこんと……これカラコンっちゅうんやけど、慣れんでめっちゃ目ぇ疲れるね。灰島の苦労がちょっとわかったかも」目頭を指で押さえてから顔をあげ、

「後夜祭の時間なったら体育館あくで、ちょっとでも練習しよっせって、みんなで決めてあったんで」

「みんなって……男バレ？」

「うん。四日も体育館使えんとみんなうずうずしてきて……」文化祭の前々日から準備のために部活ができなくなっていたのだ。「灰島なんかストレスでそりゃもう凶悪な顔んなってるよ」

と、脳裏に浮かんだらしいものに棺野は苦笑したが、灰島に限らずみんなけっこうなバレーバカっぷりだと思う。文化祭の夜に示しあわせて練習に集まるなんて。

ああ、いいなあ、そういうの……。

やっと摑んだ、全国出場を懸けたチャンスだ。なにがなんでも彼らは今年このチャン

スをものにする気でいる。そんな高いレベルで、思い切りバレーと向きあえる彼らが、どんなに羨ましいか。

「そりゃダンパどこじゃないやね……」

あやののことを思うと声が暗くなった。今日は一度も顔を見なかったし、誘った結果も報告しに来なかったと思ったら、あやののもわたしと同じで自分たちの次元の低さに落ち込んだのだろうと想像できた。女子だって大会を控えている、それどころか女子の新人戦のほうが近いのに——大会のレベルが違うとはいえ、それ以上に意識のレベルの違いを突きつけられた。

急に意気消沈したわたしを見て棺野が思案顔をし、

「末森さん、文化祭楽しかった?」

とふいに訊いてきた。

「え?　ほやな、まあ案外……クラスのことにこんなにみっちり参加するんもなかったし」普段は部活優先なのであまり親しくしていないクラスメイトと協力してお店をまわすのは楽しかったし、一日中くるくると立ち働くのも気持ちがよかった。「けっこう楽しんでもたわ。疲れたけど」

当日の当番を断れなかったからという消極的参加だったけれど、二日間終わってみたら、充実感とほどよい疲労感に身体と心が満たされている。

「……あ、なんかこの感じ、大会の二日目終わったあととちょっと似てる……？」

棺野が嬉しそうに頷いた。

「よかった。おれもおんなじふうに思ってたんや」

次は……大会で味わいたい。

そう思ったとき、身体の奥が震えた。

「わたし、新人戦、出たい」

拳に力が入る。「うん」と棺野が頷く。

ベンチに入れるだけでも十分だと思っていた。交代のチャンスがなくても落胆しないように、自分の中で願望を抑え込んでいた。

でも、やっぱりそれだけじゃ嫌だ。

試合に出たい。出たい。出たい。エゴイズム的な衝動がわいてくる。ワンプレーでもコートに立ちたい。立つだけじゃ物足りない。チームの勝利に繋《つな》がる一点に貢献したい。そうしたらワンプレーがツープレーになる。次のチャンスをまたもらえる。もっといっぱい、いっぱいコートに立てる。

「やっぱりわたしは、かわいい恰好とかして褒められるより、コートでかっこいいって言われたい」

武者震いを押さえつけるように拳を胸に押しあてる。打って変わって急に興奮しはじめたわたしに引くこともなく、楢野がやわらかく微笑《ほほえ》んで頷く。

「うん。おれ、絶対応援行くんで」

今ではわたしよりずっと背が伸びて、わたしのことを見おろしているのに。わたしがどんなに憧れて、努力したところで身体的に及ばない、かっこいいプレーを自分でできるのに——中学一年の頃よりそばかすが薄くなった白い顔を、けれどあの頃と同じように桜色に上気させて言うのだった。

「かっこいい末森さんを、次は見せてください」

4. WAKE UP

「カンチャン《ブロックの間》抜かれてるで、遅れんように二人でしっかり締める。いいな?」

「はいっ」

「よし行け、荊」

「はいっ」

先生の指示に頷き、背中を押されて送りだされる。女子部の顧問は県内の社会人バレーのチームにも入っている、とても熱意のある女の先生だ。

文化祭から三週間後の週末、新人戦。初戦の相手とは練習試合で何度も五分で戦っている。しかし清陰女子バレー部は序盤に負った二点のビハインドを終盤まで詰めることができず、相手に先に二十点に乗られていた。なんとしても点差を詰めたいこの局面、ワンポイントブロッカーとしてわたしが投入される。

コートサイドに立ち、フローリングに照り返す照明のまばゆさに一度顔をしかめた。照明は体育館全体に均等にあたっているはずなのに、コートを示す白線の内側だけが他よりも明るく見える。

わたしにとってはひさしぶりの公式戦のコートだ。

シューズの紐《ひも》の結び目、膝のサポーターの位置——大丈夫。ユニフォームの袖を肘《ひじ》まで引きあげ、肩を大きくまわす。軽くジャンプして余計な力を抜く。しばらく背負っていなかったレギュラーの背番号を重く感じるかと思ったけれど、逆だった。身体は軽い。背番号が背中からはばたこうとしているくらい。ユニフォームごと引っ張られて踵《かかと》が床から浮きあがるような感じ。

——まずいほうの感じだ、とすぐわかった。身体が軽いんじゃない。地に足がついてないんだ。

サイドアウトになったらまたすぐ下がるのがワンポイントブロッカーだ。この短いチャンスを緊張で無駄になんかしたくない。やっとここに戻って《ヽヽヽ》きたのに——。

二階のギャラリーをつい見あげていた。応援席を気にするなんて目の前の試合に集中していない証拠だ。けれどすがるように視線を巡らせてしまう。

手すりに横断幕が垂らされ、ベンチに入れない女子部員たちがメガホンを叩いて声援を送っている。その端っこに、女子の集団より頭一つぶん平均身長が高い男子の集団があった。清陰高校男子バレー部のチームジャージで揃えた八人——全員?と驚いた。清陰の男女バレー部の仲は決してよくはないので、応援の交換なんかも今までなかったのだ。

しかし今年の九月の大会では珍しく、一日目で敗退した女子が二日目まで残っていた男子の応援に出向いた。その返礼なのかもしれない。

とはいえ熱く声援を送るというよりは冷静に見物しているような顔が並んでいた。男子選手の目に女子の試合はどんな感想をもって映っているのだろう——男子バレーが一撃必殺のスパイクや速いコンビをブロックでとめるという、〝ネット上の競技〟の性格を強く持つ一方で、女子バレーはオープンアタックを何度でも拾って繋ぐ、〝フロア上の競技〟の性格が強い。

わたしは男子の高さ、スピード、破壊力に憧れていて、女子バレーにおいて伸ばすべきところを長らく疎《おろそ》かにしていた。高校生になって、棺野に身体能力すべてにおいて抜かされていたことをなかなか受け入れられなかった。棺野を妬《ねた》み、憎んだ時期があった。

棺野一人が手すりから身を乗りだし、多勢の女子部員たちが打ち鳴らすメガホンと声

援の隙間で普段大きくない声を張りあげてなにか言っていた。なに？　聞こえないよ
――わたしは懸命に耳を澄ます。

「末森さん！　大丈夫や、おれずっと見てきたで――」

本当に、文字どおりの意味で棺野にはずっと見守られてきたのだと思う。わたしがただ脳天気に男子のバレーに夢を見ていたときも。女子のエースになって鼻を高くしていたときも。伸び悩んで、自分に裏切られるようになって、腐っていったときも――いいときの姿も、我ながら思いだしたくないような姿も、全部。

今、棺野に見て欲しいわたしの姿は――。

こんなときなのに思いだし笑いがこぼれてしまった。

実は文化祭の日の会話には、続きがあって。


体育館に行く棺野と、着替えるためにA組に戻るわたし。C組の教室の前で別れ際、

「ところであんた、いつ見に来たんや」

冷ややかな声でわたしが言うと、小走りで駆けだそうとしていた棺野の肩がぎくりと強張《こわば》った。

「……はい？　なんのことデスカ」

「頭の飾りのこと、知ってるっちゅうことは、見に来たんやろ」

しまった、って顔をしやがった。わたしのジト目から逃げるようにすーっと目が横に泳いだ。

「……昨日の、午前中、しばらく覗いてました……」

そんな早々からか⁉　来るなと言ったときにはけっこうあっさり引き下がったフリしておいて……。あきれてものも言えずにいたら、「ほやかってー」と、開きなおったようにしれっとして曰《いわ》く。

「かわいいほうも当然アリです」


結局なんでもいいんじゃないか、あいつは。

だったら、わたし自身が一番見せたい、わたしの姿は——。

〝あとゴッツ石島！　スパイクもすごいけど、やっぱりブロック決めたときの雄叫びやの！　ひっで男前なんやー！〟

自分には届かない夢だと思い知っても、捨てることもどうしてもできない、憧れがある。

顔を引き締めてコートに視線を向けなおした。ふわふわしていた気持ちが今は据わっていた。足はしっかりと床を踏んでいる。肺に大きく息を吸い込む。

「一本とめるよ！　ここで絶対追いつこう！」

声を励まし、白線をまたいで光の中へとわたしは踏みだす。
勇ましく。恐れることなく。

インターミッション　文化祭　～another two sides～

「バスケ部のフリースローゲームが校庭で十一時から一時やって。今ちょうどやってるでこれ行ってみよっせ。あ！　大隈《おおくま》先輩が言ってたラグビー部のうどんってあそこやないんか？　さっき焼きそばがっつり食うんやなかったなー。一杯買わんけ一杯、二人で。……なぁー。灰島《はいじま》ー……」

文化祭のプログラムを開いて浮かれたテンションで喋《しゃべ》っていた黒羽《くろば》がふいに声を落として呼んだ。

「おまえなあ、授業ねぇんやったら練習したいって正直に顔に書きすぎやぞ。この二日くらい諦めて文化祭楽しめやー」

秋空の下に軒を連ねる模擬店のあいだを二人は歩いている。さまざまな文句で飾りつけられたのぼりやのれんをぶすっとした顔で眺めつつ、「……うどん奢《おご》れよ」と灰島は言った。

　校舎の外で模擬店をだしているのは主に運動部だ。「うまい！　でかい！　伝説のちからうどん　清陰《せいいん》高校ラグビー部」というのぼりが前方に見えた。はっぴを着たラグビー部員が客寄せに精をだしている。外部からの来場者も思った以上に多く、保護者や近隣住民、他校の高校生——それから制服だったり私服だったりする中学生の姿もけっこうあった。

「あっ。清陰のレフトの人や」

　こっちを見て突然声をあげたのは、ラグビー部に捕まっていたその中学生の男子グループだった。

　まばたきをして灰島は黒羽の顔を見た。黒羽がきょとんとして「へ？　おれ？」と自分の鼻先に指を向けた。

「おまえじゃなかったら誰なんだよ、清陰のレフトは」

　すげぇ、会えた、と中学生たちが興奮気味に囁《ささや》きあい、はにかみながら黒羽の前に寄ってきた。

「あっあの、おれらバレー部で、九月の大会見にいってました」

「おー。ほーなんけーバレー部けー」

「背ぇでかいっすねー。かっけー」

「ほ、ほうけ？　どーも」などと黒羽がへらへら笑う。「あっこいつ灰島。うちのセッター」と灰島を前に引っ張りだそうとするので「なんでだよ」と灰島は黒羽の腹に肘《ひじ》を入れて押しのけた。「おまえんとこに来たんだろ」

「ほ、ほやかって……。うちで一番すげぇんはやっぱおまえやろ？」

頼りない顔で言ってくる黒羽にまだそんなこと言ってんのかとこめかみが引きつったが、この場で説教してもしょうがない。

セッターがやってることなんて普通そんなにわかりやすいものじゃない。スパイカーの活躍のほうが目立つのは当然だし、中学生がみんな黒羽みたいなスパイカーに憧れるのも至極当然だ。

むしろ中学生より緊張してはにかみ笑いで受け応《こた》えしている黒羽を半眼で睨《にら》んでいると、「あのっ……」と、小さな声が下から聞こえた。

目を落とすと、坊主頭の小柄な中学生が一人だけ、まだ幼く見える顔を上気させて灰島の前に立っていた。

「おれセッターやってるんですけど、タッパなくても灰島さんみたいになれますか？」

「……ああ」

と灰島は言ったきり、ちょっとのあいだ絶句してから。

「タッパは、あったほうがそりゃ絶対いいけど、おれがやってることそれだけじゃないし……正確なトスは練習だから。死ぬほど練習しろよ」

我ながら愛想がないにもほどがあった。けれど、こちらを見あげる瞳が大きく見開かれ、きらきらと輝いた。

「はいっ。ありがとうございますっ」

腹の真ん中あたりがなんだか浮きあがって、ムズッとした。


「ほんで？　どこ中かも訊《き》かんとそのまま放流してきたんか。ああいうんは来年うち受けるかもしれんで見学来てる受験生やぞ。勧誘のチャンスやったやろが。新人どんだけ入ってくるかはうちの死活問題なんやぞ。ったく、役に立たんな」

あとで合流した青木《あおき》に罵《ののし》られ、丸めたプログラムで一発ずつぽこぺこと頭をはたかれた。

「今年のうちの躍進で、バレーやってる中坊がうちを候補にするくらいになったんやな……。これでうちが福井代表になったら来年は部員ひっで増えるかもしれんし、いい土産残して卒業せんとな、青木？」

小田《おだ》が感じ入ったように言い、青木が「まあな」と頷《うなず》く。

「なあ、うちは秋嶺《しゅうれい》祭は毎年なんもやってえんっちゅうけど、来年はなんかやったらどぉや？」

大隈が身を乗りだして提案した。ラグビー部は毎年例のうどんの模擬店を出店しているらしい。しかし小田が顔をしかめ、

「よそは知らんけど、バレー部が食いもんの模擬店やる意味も暇もないやろ」

「模擬店とは言ってえんやろ。なんか男バレすげぇって中坊にアピールできて、ほんでこいつを客寄せパンダにできるよーなやつやったら」大隈に指をさされて黒羽が「客寄せパンダ……」とちょっと不服そうにぼやく。

大隈以外の部員がさほど興味を示さなかったのでそこで話が終わりかけたとき、

「来年なんかやるの、おれはいいと思います」

黙って聞いていた灰島が口を開くと、その場の全員がこっちを振り向いてざわついた。

「おお。灰島がおれの味方したぞ」

「灰島が学校行事に興味持つって、大丈夫け。明日傘持ってきたほうがいいかもしれんぞ……」

自分が二年や三年になってからのチームのことなんてまだ考えていなかった。しかし小田と青木が今年度で卒業するのはもちろん避けられないことで、そうしたらその穴を埋める新人が必要になる。

「来年も再来年もうちが全国行くためには、中学の経験者を福蜂《ふくほう》に渡さないでうちにぶん取らなきゃいけませんよ」

今年で終わるわけじゃない。——三年間あるんだ。

「あ、ほしたら垂直跳び測定とかどうですか。参加型のほうが人も集まるやろし、客寄せパンダに黒羽を使えるし」

棺野《かんの》が小さく挙手した。そのアイデアにはみんな乗り気になり、「おーいいかもな」「ほんぐらいやったら練習犠牲にせんでも準備できそうやし」「客寄せパンダ……」と途端にわいわいと話が進みはじめたが、

「あー。それはあんま薦《すす》めんな」

水を差すような青木の発言に「え、なんでですか」と遺憾《いかん》そうな視線が集まった。

「それ、もう福蜂が毎年やってるんやわ」

＊

「六〇・五センチ……はい、お疲れさんでしたー。これ結果票です」

来場者の往来の多い校舎前で催す垂直跳び測定会は福蜂工業バレー部の恒例の出し物である。紙片に数値を書き込んで手渡し、「あそこに男女別の平均値貼ってあるんでよければ見てってくださいー」と越智《おち》はクリップボードを手に参加者を見送った。

「次待ってる人どうぞー……の、前に……」

人がかなり集まってきたのを見計らい、まわりでスタッフをしている部員に目配せをする。部員たちがすぐに了解し「はいはい、デモンストレーションやりますよー」「ちょっとあけてくださーい」と手を叩いて人々を誘導する。

「統《すばる》ー！」

と、クリップボードを口の脇にあてて越智が呼ぶと――

ダダダッと、力強いながら軽やかな助走とともに、集まった人々や部員たちの目の前をシューズが駆け抜け、測定板の手前で地面を蹴った。

薄雲がかかった秋の空へと一八九センチの長身が吸い込まれるように跳躍する。白濁した空の光に人々が目を細めつつ思わずどよめく。直前の参加者が指先でつけたチョークの跡の、遥《はる》か高く――目盛りもうないような場所に、スパイクを叩き込む要領で手のひらが触れた。

膝をたたんで測定板の下に着地した三村《みむら》が身を起こし、

「福蜂工業男子バレー部はー、受験生を応援してまっす！」

ニッと笑ってVサインをだすと、大きな歓声と拍手で校舎前がわいた。

「まーうちそんな勉強せんでも入れるけどなー」

とバカっぽく三村が茶化すと在校生から笑いが起こり、つられて中学生たちも笑いだした。

「相変わらずの人タラシやな……」

舞台から捌《は》ける役者よろしく手を振りながら引きあげてきた三村を越智はあきれ顔で迎えた。

「なんかおまえ、去年よりやたら無駄に愛想振りまいてえんか？」

「清陰に有望な新人流してやるわけにいかんでな」

「別に清陰をほんな意識せんでいいんでねぇんか。中学の強豪でやってたほとんどの奴はうちを第一志望にするやろ」

「清陰に戦力はやらんのじゃー」

つんとそっぽを向いて冗談とも本気ともつかないことを言ってから、

「……来年はおれらはえんのやで」

ふと真面目なトーンになってつけ加えた。

言葉に詰まった越智に三村がちらと目をよこし、横顔に笑みを乗せた。観客の前で見せる天真爛漫《てんしんらんまん》な笑顔とは〝重み〟が違う、〝福蜂の主将の笑み〟だ。

「清陰やろうとどこやろうと、福井王者を譲るわけにいかんやろ」

（2.43　清陰高校男子バレー部　代表決定戦編②につづく）

『2.43』がもっとわかる

バレーボール初級講座

★ゲームの基本的な流れ

- サーブが打たれてから、ボールがコートに落ちたり、アウトになるまでの一連の流れを**ラリー**という。ラリーに勝ったチームに1点が入る（**ラリーポイント制**）。得点したチームが次にサーブする権利（**サーブ権**）を得る。サーブ権が移ることを**サイドアウト**という。
- 公式ルールは1セット25点先取の5セットマッチ。3セット先取したチームが勝利する。第５セットのみ15点先取になる。高校の大会は3セットマッチで行う場合も多い。
- 一般男子の大会や高校男子の全国大会のネットの高さは**2m43cm**。高校男子の県大会は2m40㎝で行う県もある。

★ポジション――バレーボールには2つの「ポジション」がある

プレーヤー・ポジション＝チーム内の役割や主にプレーする位置を表すポジション

ウイングスパイカー（レフト）
フロント（前衛）レフトで主にプレーするスパイカー。高校男子バレーにおけるエースポジション。

ミドルブロッカー（センター）
フロント（前衛）センターで主にプレーするブロックの要。攻撃ではクイックを主に打つ。

オポジット（ライト、セッター対角）
フロント（前衛）ライトで主にプレーするスパイカー。トップレベルではサーブレシーブに参加しないエーススパイカーが配されるが、高校レベルではウイングスパイカーが配され攻守の要となることが多い。

リベロ
後衛選手とのみ交代できるレシーブのスペシャリスト。違う色のユニフォームを着る。

セッター
攻撃の司令塔。スパイカーの力を引きだす役割として、スパイカーとの信頼関係を築く能力も求められる。

コート・ポジション=ローテーションのルールによって定められたコート上の位置

- 各セット開始前に提出する**スターティング・ラインアップ**に従って**サーブ**順が決まる。
- ウイングスパイカー2人、ミドルブロッカー2人、セッター／オポジットをそれぞれ「**対角**」に置くのが基本形。後衛のプレーヤーは「ブロック」「アタックラインを踏み越してスパイクを打つこと」ができない。
- サイドアウトを取ったチームは時計回りに1つ、コート・ポジションを移動する(=ローテーション)。このときフロントライトからバックライトに下がったプレーヤーがサーバーとなる。
- サーブが打たれた瞬間に、各選手がコート・ポジションどおりの前後・左右の関係を維持していなければ反則になる。サーブ直後から自由に移動してよい。
- 後衛のプレーヤーのいずれかとリベロが交代することができる。ミドルブロッカーと交代するのが一般的。

コート・ポジションと、スターティング・ラインアップの一例

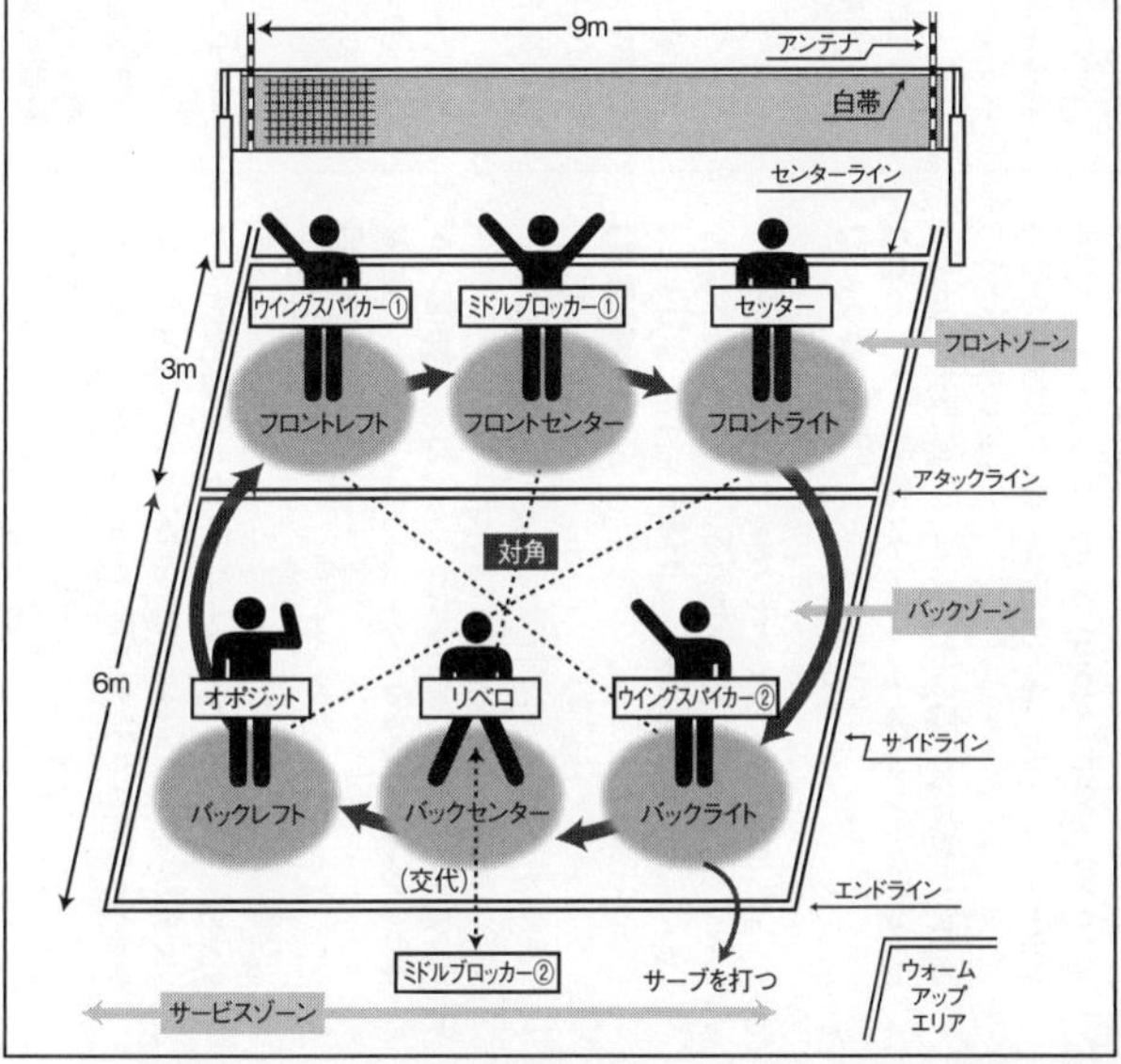

バレーボール用語集

【サイドアウト】
サーブレシーブ側のチームが得点し、**サーブ権**が移ること。サイドアウトを取ったチームは、ローテーションを一つ回してサーブを打つ。これに対し、サーブ側のチームが得点して連続得点となった場合を**ブレイク**という。この場合はローテーションを回さず、同じサーバーがサーブを続行する。

【コンビプレー（コンビ攻撃）】

セッターが複数のスパイカーを操って、相手のブロックのマークをはずそうと意図する**サインプレー**。サインどおりにプレーするためにAパスが要求される。マンツーマンブロック戦術が一般的な高校バレーにおいては多用され、バレーボールの華とも言える攻撃。ゾーンブロック戦術が基本で、サーブが強力な世界トップレベルにおいてはコンビプレーよりもむしろ、攻撃の選択肢の確保が優先される。


【クイック（速攻）】

トスがあがってから打たれるまでの経過時間が短いスパイク。主には、前衛ミドルブロッカーがセッターに近い位置から打つスパイクを指す。

コンビプレーにおいては、時間差攻撃のおとりとしてマイナステンポのクイックが多用され、攻撃の選択肢を確保する意図ではファーストテンポのクイックが多用される。

セッターとスパイカーの相対的な位置関係により、**Aクイック**から**Dクイック**に分けられる。


【オープン攻撃】

前衛両サイドのスパイカーに向かって十分に高いトスをあげ、時間的余裕を持たせて打たせるスパイク。前衛レフトから打つ場合は**レフトオープン**と呼ぶ。サードテンポのスパイクの代表。


【バックアタック】

後衛のプレーヤーが打つスパイク。**アタックライン**より後ろで踏み切って打たなければならない。海外では"back row attack"と呼ばれる。"back row"は「後衛」の意味で、「後衛のプレーヤーが打つ」ことを明示した表現。


【時間差攻撃】

マイナステンポのおとりにコミットで跳んだブロッカーが、直後にもう一度ブロックに跳んでも間に合わないタイミングでスパイクを繰りだすことを意図したコンビプレー。


【パイプ攻撃】

バックセンターから繰りだす、ファーストテンポないしはセカンドテンポのバックアタック。主に時間差攻撃として用いられるものを指す。

攻撃の選択肢の確保を意図して繰りだすファーストテンポのバックアタックは「**ビック（bick）**」（back row quickの略）と呼ばれる。

【ブロード攻撃】
片足踏み切りで跳び、踏み切り位置から身体がネットに平行に流れながら打つスパイク。

【Cワイド】
ブロード攻撃の一つ。ライト側に流れながら**Cクイック**を打つこと。

【ダイレクトスパイク】
相手コートから飛んできたボールを直接スパイクすること。

【テンポ】
セッターの**セットアップ**と、スパイカーが助走に入るタイミングならびに、踏み切るタイミングの関係を表す。**マイナステンポ**、**ファーストテンポ**、**セカンドテンポ**、**サードテンポ**がある。

【ツーアタック（ツー）】
ジャンプトスをあげると見せかけて、セッターが強打や**プッシュ**で相手コートに返球すること。セッターは自コートのレフト側を向いてトスをあげるのが基本姿勢となるため、その姿勢を崩さずに強打を打てる左利きのセッターのほうがツーアタックに有利とされる。

【二段トス】
レシーブが大きく乱れたとき、コート後方やコート外からあがる一般的に高いトス（**ハイセット**）。セッター以外があげる場合も多い。

【ワンハンドトス】
片手であげるトス。特にネットを越えそうな勢いのあるボールをトスするときに使われる。

【ジャンプサーブ（スパイクサーブ）】
サービスゾーンで助走・ジャンプして、スパイク並みの威力で打つサーブ。他のサーブの種類に**ジャンプフローターサーブ**、**フローターサーブ**などがある。

【サービスエース】
サーブが直接得点になること。レシーブ側がボールに触れることもできずに得点になったサービスエースを**ノータッチエース**と呼ぶ。

【レセプション】
サーブレシーブのこと。

【ディグ】
レセプション以外のレシーブのこと（**スパイクレシーブ**など）。

【フライングレシーブ、ダイビングレシーブ】
空中に身を投げだしたり、床に滑り込んだりして、離れた場所のボールに飛びつくレシーブ。身体を回転させながらレシーブすることで、すぐに起きあがることを意図したプレーを**回転レシーブ**と呼ぶ。

【パンケーキ】

ボールが床に落ちる寸前に手の甲をボールの下に差し入れて、ぎりぎりで拾うレシーブ。ダイビングレシーブでよく用いられる。

【マンツーマンブロック戦術、ゾーンブロック戦術】

マンツーマンブロックは相手のスパイカー1人に対して、ブロッカー1人が対応してブロックに跳ぶ戦術。3人以下のスパイカーしか攻撃を仕掛けてこない相手に対して主に用いられる。

ゾーンブロックは自チームの守るべきゾーンを、ブロッカー3人で分担して対応するブロック戦術。常に4人以上が攻撃を仕掛けるトップレベルのバレーボールにおいては、ゾーンブロック戦術が基本となる。

【コミットブロック、リードブロック】

反応の仕方によるブロックの分類。

コミットブロックはマークしたスパイカーに反応するブロックで、スパイカーの助走動作にあわせてブロックに跳ぶ。マンツーマンブロック戦術ではコミットブロックが基本となる。

リードブロックはトスに反応するブロックで、ゾーンブロック戦術で用いられる。トスがあがる時点で攻撃の選択肢が限られる場合は、複数のブロックをそろえることが可能だが、攻撃の選択肢が多い場合は、ブロックが間にあわない可能性が高くなる。

【バンチシフト】

ゾーンブロック戦術において、ブロッカー3人がセンター付近に束（バンチ）になって集まるブロック陣形。ブロックとディグの連係を図ることが容易なため、世界トップレベルにおいては頻用される陣形である。他には、ブロッカー3人が均等にゾーンを分担して守る**スプレッドシフト**などがある。

【リリース】

バンチシフトから、両サイドどちらかのブロッカー1人を切り離す（リリース）ブロック陣形。意図的にそうする場合もあるが、サイドブロッカーが**ブロックステップ**に難があるために、無意識のうちにそうなるケースが多い。

【ブロックアウト】

ブロックにあたったボールがコート外に落ちること。アタック側の得点となる。

【オーバーネット】

ネットを越えて相手コートの領域にあるボールに触れる反則プレー。ただし、相手コートからの返球をブロックする際には反則にはならない。

【リバウンド】
ブロックにあたって自コートに戻ってきたボールをつなぐこと。強打すればシャットアウトされることが予想される場面で、軟打でブロックにあててリバウンドを取り、攻撃を組み立てなおす戦法もある（**リバウンド攻撃**）。

【クロス、ストレート】
スパイクのコースの種類。クロスはコートを斜めに抜けるスパイク。ストレートはサイドラインと平行にまっすぐ抜けるスパイク。クロスの中でもネットと平行に近いほどの鋭角なスパイクを**インナースパイク**と呼ぶ。

【ふかす】
打ちそこねて大きくアウトにすること。

【テイクバック】
ボールを打つために腕を前に振る準備として、腕を後ろに引くこと。

【Aパス、Bパス、Cパス、Dパス】
サーブレシーブの評価を表す。大枠の基準は、A＝セッターにぴたりと返る、コンビプレーが使えるサーブレシーブ。B＝セッターを数歩動かすが、スパイカーの選択肢が保たれるサーブレシーブ。C＝セッターを大きく動かし、スパイカーの選択肢が限定されてしまうサーブレシーブ。D＝スパイクで打ち返せず相手チームのチャンスボールになる、もしくは、直接相手コートに返ってしまうサーブレシーブ。

【ファーストタッチ、セカンドタッチ、サードタッチ】
3打（三段ともいう）以内に相手コートに返すというルールの中で、1打目、2打目、3打目にボールにさわること。

【対角】
コートポジションを六角形にたとえた場合に、対角線で結ばれるプレーヤーの関係のこと。対角の2人はローテーションが回っても必ず一方が前衛、一方が後衛になる。長身者や強いスパイカー同士を対角に配置し、前衛・後衛の戦力のバランスを取るのがローテーションの基本の組み方。

【アンテナ】
サイドラインの鉛直線上にネットに取りつけられる棒。相手コートにボールを返球する際、アンテナの外側を通ったり、アンテナにボールが触れるとアウトとみなされる。

監修／バレーペディア編集室

本文デザイン／鈴木久美
本文イラスト／山川あいじ

［初　出］
集英社WEB文芸レンザブロー　2014年7月25日〜2015年1月23日
「インターミッション　文化祭　〜another two sides〜」　文庫書下し

本書は2015年6月、集英社より刊行されました。
文庫化にあたり、加筆修正のうえ二分冊して再編集しました。

［主な参考文献］

『2013年度版 バレーボール6人制競技規則』公益財団法人日本バレーボール協会
『Volleypedia バレーペディア［2012年改訂版］』日本バレーボール学会・編／日本文化出版
『わかりやすいバレーボールのルール』森田淳悟・著／成美堂出版
『バレーボール　試合に強くなる戦術セミナー』高梨泰彦・著／実業之日本社

本書のご感想をお寄せください。
いただいたお便りは編集部から著者にお渡しします。

【宛先】

〒101-8050　東京都千代田区一ツ橋2-5-10
集英社文庫編集部『2.43』係

壁井ユカコの本

2.43 清陰高校男子バレー部①

東京の強豪中学からやってきた才能あふれる問題児・灰島。身体能力は抜群なのにヘタレな黒羽。かつて幼なじみだった二人は中二の冬に再会、エースコンビとして成長していくが——。

集英社文庫